The Womanizer

Meine wildesten Erlebnisse

Wenn Fantasien Wirklichkeit sind

The Womanizer

Meine wildesten Erlebnisse

Wenn Fantasien Wirklichkeit sind

Bibliografische Informationen der Deutschen Nationalbibliothek
Die Deutsche Nationalbibliothek verzeichnet diese Publikation in der
Deutschen Nationalbibliografie; detaillierte bibliografische Daten sind
im Internet über dnb.dnb.de abrufbar.

Printed in Germany

ISBN 978-3-7504-9750-4

Herstellung und Verlag: BoD – Books on Demand, Norderstedt

Meine wildesten Erlebnisse

Wenn Fantasien Wirklichkeit sind

The Womanizer

Inhaltsverzeichnis

Meine wildesten Erlebnisse

Der Womanizer ist zurück! Diesmal mit seinen wildesten Erlebnissen im Gepäck. Ja, was wäre das Leben ohne Sex?! Ein sehr trauriges. Daher praktiziere ich ihn, so oft ich kann. Nicht nur mit meiner Frau Andrea, sondern auch mit vielen willigen Ladies ab 18. Nun ja, meine geliebte Gattin weiß davon natürlich nichts, aber warum sollte ich auch den schlafenden Löwen wecken? Bin ja nicht blöd.

In meinem Leben habe ich schon weit über 1.500 Frauen im Bett gehabt, bald sind die 2.000 voll. Eine gigantische Zahl. Da wäre selbst der legendäre Schnurrbart Burt Reynolds neidisch. Und doch ist ein Ende noch lange nicht in Sicht. Der Trieb, die Gier und die Lust treiben mich weiter an. Wie Reynolds einmal sagte: „Man kann nicht mit allen Frauen schlafen, aber versuchen sollte man es." Recht hatte er.

Und so habe ich schon unendlich viel erlebt und kann über so vieles berichten. Immer wieder werde ich von Fans und Möchtegern-Casanovas gefragt, welches denn meine wildesten-Erlebnisse waren. Ach, da gab es so viele von. Aber ich habe mich bemüht, einige davon auszuwählen für dieses Special. Wenn Fantasien Wirklichkeit werden, dann ist der Womanizer am Start. Wir blicken zurück auf einige Highlights meiner Laufbahn.

Da wäre einmal Yasmin, die als heißer Teenager in mich verliebt war. Nun, 20 Jahre später, kommt es zur sexuellen Reunion. Irland war ein Ding! Dort hatte ich in 2 Wochen während eines Praktikums in jungen Jahren Sex mit 3 Frauen. Aber nicht gleichzeitig, sondern hintereinander. Besonders meine luderhafte Teamchefin Becky gilt es hier hervorzuheben.

Meine eigene Frau Andrea war auch kein Engel. Was ich in ihrer geheimen Magic Box im Keller fand, war höchst brisantes Sex-Material aus ihrer Experimentierzeit. Ich verliebte mich in die Nutte Agnes, doch es kam alles ganz anders als geplant. Außerdem machte ich meine ersten Erfahrungen mit Tinder. Janka war aber keine gewöhnliche Frau, sie war eine echt krasse Lady mit besonderen Vorlieben.

Und was ich mit meiner älteren Schwester erlebt habe, sollte ich wohl besser gar nicht veröffentlichen. Geschwisterliebe kann nämlich auch ganz schön sexy sein. Ja, ich bin ein Fan von erotischen Massagen. So gerne entspanne ich dort und lasse mir am Schluss die Palme wedeln. Hier lest Ihr meine besten Erlebnisse bei Erotikmassagen.

Als Blue Man Sex zu haben, wer kann das schon von sich behaupten? Nicht viele. Nur ganz wenige. Ich bin einer davon. Als komplett blauer Mann in Showkostüm erlebte ich so allerhand. Sex mit geilen Schlampen ebenso Gruppenabenteuer mit meinen beiden Blue-Man-Kumpels Dirk und Super-Mario mit gleich mehreren Frauen gleichzeitig.

Und dann darf die 19-jährige Quirina natürlich nicht fehlen. Sie war die Tochter meines ehemaligen Robinson-Chefs und ich verbrachte eine wunderschöne Woche mit ihr. Wir hatten unglaublich viel Spaß zusammen und ihre Handjobs waren einfach allererste Sahne.

Ja, mehr passt aus Platzgründen leider nicht in dieses eine Buch. Es sind dafür 112 Seiten pure Erotik und wilde Erlebnisse, die Euch anregen sollen, es mir gleich zu tun. Live Sex und enjoy life!

Euer Womanizer

Reunion

Auf Facebook bekam ich eine Freundschaftsanfrage einer Yasmin L. Hübsche Frau. Ich nahm sofort an. Dann schrieb sie mir: „Hallo! Kannst Du Dich noch an mich erinnern? Vor 20 Jahren hatten wir eine tolle Zeit zusammen. Du warst mein allererster Mann." Ich schaltete mein Gehirn und meinen Schwanz ein.

Yasmin ... Yasmin ... nun ja, ich hatte einige Yasmins in meinem Leben. Vor 20 Jahren? Das war meine Studienzeit. YASMIN! Jetzt fiel es mir wieder ein. In der Tat, ich war ihr allererster Mann gewesen. Ich war Anfang 20 und lebte in einer WG. Wie fast alle Studenten damals und heute.

Ich lernte Yasmin in der Eisdiele ums Eck kennen. Dort hatte ich mich mit einigen Studienkolleginnen und Studienkollegen getroffen, um dem heißen Sommertag Paroli zu bieten. Die Yanina aus meinem Kurs hatte ihre jüngere Schwester dabei, die damals 17-jährige Yasmin. Sie war sehr hübsch, schöner als ihre ältere Sister.

Yasmin war superblond, sexy, aber schüchtern. Ihre Leidenschaft war Tennis. Da war sie verdammt gut. Spielte im Verein und hatte bereits einige Jugendtitel gewonnen. Schulisch lief auch alles gut bei ihr, in Klasse 11 Richtung Abitur. Sie gefiel mir. Ich wollte sie. Ich bezog sie immer wieder ins Gespräch ein und machte ihr schöne Augen. Sie freute sich.

Als wir eislich fertig waren, steckte ich ihr unauffällig einen unter dem Tisch geschriebenen Zettel mit meiner Handynummer und einem „Ruf mich an!" zu. 2 Tage später rief sie mich an: „Hey Du. Danke für Deine Botschaft." Ich coolte mir einen ab und schlug ihr ein Treff zu zweit in besagter Eisdiele vor. Sie nahm an.

In sehr sommerlicher Kleidung, also sexy, aber anständig, kam sie auf mich zu und ließ sich auf die Wangen küssen. Wir bestellten uns Eis, ich einen Krokantbecher, sie ein Spaghettieis. Beides schmeckte mir gut. Ihr auch. Sie fragte mich über mich aus, dann ich sie über sie. Als ich einen Gang hochschaltete, schaltete sie einen zurück: „Also meine Schwester hat mich gewarnt vor Dir", lächelte sie mit dem Zeigefinger.

„Du seist der größte Aufreißer der Uni, hat sie gesagt." „Soso, und das glaubst Du ihr?", konterte ich. „Ich will herausfinden, ob das stimmt, deshalb bin ich gekommen." So startete unser Flirt. Ihre süßen Hände waren nervös, das konnte selbst der Blinde mit Krückstock sehen.

Verlegen lächelte sie mich immer wieder so süß an und ließ sich von mir und meinem Charme verführen. „Hast Du aktuell eine Freundin?", fragte sie mich urplötzlich. „Nein, ganz aktuell nicht, sonst wäre ich jetzt nicht hier mit Dir Eis essen", bestätigte ich ihr meine Seriosität. „Und hast Du aktuell einen Freund?"

„Nein." „Schon einen Freund gehabt?" „Ehrlich gesagt nein." Jetzt wurde es interessant. Ich erfuhr, dass sie zwar schon geknutscht hat mit Jungs, aber mehr nicht. „Ich will nichts überstürzen. Jungs wollen ja doch immer nur das eine." „Die meisten, ja", nickte ich, „aber nicht alle." „Wie soll denn der Mann sein, mit dem Du Dein erstes Mal verbringen möchtest?", fragte ich sie. „Nicht hier", psssste sie mich.

„Ist mir schon klar, dass hier nicht der geeignete Ort für das erste Mal ist, besser im Schlafzimmer", nahm ich sie auf die Schippe. Sie bekam ein Lachflash. „Lass uns woanders darüber sprechen, okay?" Ich zahlte und wir spazierten durch den nächstgelegenen Park. „Naja", schloss sie an, „er sollte gut aussehen, zärtlich sein, schon Erfahrung mit Frauen haben, einfach ein toller Kerl sein

Und ich sollte schon starke Gefühle für ihn haben. Ich möchte mein erstes Mal nicht herschenken." „Und da war noch nicht der Richtige dabei bisher?" „Es gab schon einige Kerle, die mich interessierten. Und noch mehr, die sich für mich interessierten. Aber bislang hat es noch nicht so gepasst, dass ich es getan hätte."

Der Talk stimulierte mich. Ich stellte mir vor, derjenige welcher zu sein, der die süße Yasmin in die hohe Schule der Sexualität einführt. Sie hatte bald Tennistraining und wollte gehen. „Darf ich zuschauen? Ich habe sonst nichts vor heute." „Wenn Du magst." Ich ging mit und schaute zu. Nachdem Yasmin sich umgezogen hatte, kam sie als weiße Prinzessin zurück. Die Trainingsstunde wurde mir überhaupt nicht langweilig.

Da ich selbst ein großer und talentierter Tennisspieler bin und war. Zudem gefiel mir ihre Schönheit und Geschmeidigkeit auf dem Platz. Als sie verschwitzt abdankte und sich duschen ging, wollte ich nur eines: mit ihr duschen gehen. Das musste noch warten. Ich beschloss, aufs Volle zu gehen.

Ich begleitete sie nach Hause, küsste sie auf die Wangen und schlug ihr ein weiteres Date vor. Sie nickte, strahlte und nahm an. Das nächste Treffen war ein richtungsweisendes, denn sie zeigte klar Interesse an mir. Sie wollte mehr über mich wissen, über meine Hobbys und meine Zukunftspläne, welche Art von Musik ich höre etc.

Als ich ihr erklärte, dass ich auch Tennis spiele, forderte sie mich sofort zu einem Duell heraus. Alright, Kleine, here I am! 2 Tage später trafen wir uns auf dem sandigen Court. Eine Wette wollte sie nicht eingehen. Schade. Satz 1 spielte sie echt abgebrüht und schlug mich 6:3. Sie jubelte. Satz 2 spielte ich echt abgebrüht und schlug sie 6:3. Ich jubelte. Es musste also ein Entscheidungssatz her.

Ich brach ihren Willen, indem ich sie 6:4 besiegte. „Du hast echt verdammt stark gespielt", lobte sie mich. „Du aber auch, Süße", lobte ich sie. „Aber das nächste Mal, da besiege ich Dich." „Nein, keine Chance. Ich gewinne wieder." So steigerten wir uns hoch, bis sie einen Wetteinsatz von mir forderte. Ich zögerte. Also schlug sie einen vor: „Wenn ich Dich besiege, dann darf ich Dich küssen. Okay?" Hey, wie geil ist das denn, dachte ich mir.

„Einverstanden. Sollte ich aber gewinnen, bekomme ich von Dir eine Massage", haute ich raus. Yasmin überlegte. „Und wo?" „Bei mir. Da stört keiner." Hmm, na gut. Aber nur dann, wenn Du gewinnst." „So soll es sein." Um es kurz und knapp zu halten: Männer sind stärker als Frauen. Besser. Stärker. Erfolgreicher. Dynamischer.

Also war es kein Wunder, dass ich Yasmin bei unserem nächsten Match schlug. Diesmal glatt in 2 Sätzen. Allerdings beide Male im Tie-Break. 7:6 und 7:6 lautete das Endresultat. Es war klar: Ich bekam eine Massage von ihr. Da wurde sie plötzlich traurig und ihr flossen kleine Tränen herunter. „Süße, was ist denn los?", kümmerte ich mich um sie.

„Ist es, weil Du verloren hast?" „Nein, weil ich noch nie einen Mann massiert habe. Und ich habe Angst davor, dass ich viel falsch mache." „Ach was", tröstete ich sie, „es kann Dir doch überhaupt nichts passieren. Bei mir bist Du in absolut sicheren Händen." Sie beruhigte sich und wir verabredeten uns fürs kommende Wochenende. Samstagnachmittag. Sie klingelte. Ich öffnete. Megasexy hatte sie sich hergerichtet. Ihre langen, blonden Haare aufwändig zusammengeflochten, in kurzem Höschen und bauchfreiem Shirt. Sie war glücklich, mich zu sehen. Ihre Fingernägel waren frisch rosa lackiert, sexy. Ihr Lippenstift knallrot aufgetragen. Sie war zu einer Lady geworden.

Wir gingen erneut Eis-Eis essen. Diesmal entschied ich mich für Kugeln: Schlumpf, Mango, Erdbeere und Heidelbeere waren meine Sorten. Ihre waren Vanille, Schokolade, Schokolade und Ananas. Ananas kann ich auch bieten. Danach gingen wir in mein Zimmer, wo wir ungestört waren. Außer mir war gerade auch keiner in der WG, die anderen beiden waren bei dem tollen Wetter ausgeflogen.

Ich zog mir mein Shirt aus und präsentierte ihr meinen trainierten Body. „Wow", stammelte sie beeindruckt. Dann zog ich mir meine Shorts aus und legte mich auf den Rücken auf das Bett. Hatte nur noch meine Boxer an. Sie zögerte. „Süße, wenn Du doch nicht möchtest, sag es mir einfach, ich habe Verständnis."

„Doch, ich möchte sehr gerne, wirklich, aber ich möchte eben nichts falsch machen", säuselte sie etwas verschämt. „Außerdem möchte ich Dich etwas Wichtiges fragen." „Schieß los." „Obwohl ich unser Match und unsere Wette verloren habe, würde ich Dich furchtbar gerne küssen. Darf ich?"

„Na gut, weil Du es bist", lächelte ich sie charmant an und wartete ab. Sie zierte sich aber, so schüchtern, wie sie war. Also setzte sich der erfahrene Womanizer auf und küsste sie. Zärtlich, ganz vorsichtig. Sie küsste mit. Zärtlich, ganz vorsichtig. Dann intensiver. Ich spürte, dass sie schon geküsst hatte, sie konnte das sogar ziemlich gut. Entweder hatte sie heimlich geübt oder war ein Naturtalent. Nach etwa 2 Minuten machte ich eine Pause.

„Und, hat es Dir gefallen?" „Ja, es war wunderschön. Darf ich Dich nach der Massage dann nochmal küssen?" „Versprochen", zwinkerte ich und legte mich nun endlich auf meinen Bauch. „Soll ich mit Creme oder ohne?" „Mach mit, da drüben", zeigte ich auf die Nivea. Yasmin holte sich die weiße Creme und startete, meinen gut trainierten Rücken zu berühren. Sie kniete seitlich neben mir und massierte mich nun. Yasmin streichelte mehr, als dass sie massierte. War mir aber recht. Ich liebe Streicheln! Schön zärtlich, schön sanft. Ich genoss. Ich war der Erste, den dieses kleine, süße, unschuldige Ding so berührte. Es war neues Neuland für sie. Daher fragte sie auch alle 2 Minuten, ob sie alles richtig mache. Ich bestätigte ihr ihr Talent. Gab ihr auch hilfreiche Tipps für die Note 1.

Meinen Po sparte sie vorerst aus. Der war ja verpackt in der Boxer-Boxer. Nach dem Rücken und den Armen machte sie mit meinen Beinen weiter. Zart streichelte sie diese auf und ab, hoch und runter. A dream! „Soll ich Dich auch vorne massieren?", fragte sie leise. Eine verbale Antwort verweigerte ich ihr. Ich drehte mich einfach um. Das war Antwort genug.

Da lag ich nun, auf dem Rücken, und schaute sie an. Sie war vor wenigen Wochen 17 geworden. Ein junger Engel mit blonden Haaren. Sie lächelte zurück. Sie cremte mich weiter ein mit der Creme, diesmal die Beine von vorne. Ihre Hände, die sonst stark zugreifen konnten, wie beim Tennisschläger, waren hier äußerst soft aktiv. Sie konnte sehr gut streicheln.

Immer wieder fragte sie nach, ob sie alles richtig mache. Immer wieder lobte ich sie. Dann widmete sie sich meiner Brust und meinem 6-Pack. Mein Penis wurde nun steif. Ich war gespannt, wie sie reagieren würde. Sie bemerkte natürlich, wie mein Eifelturm zum Stehen begann. Und sie grinste verschämt. Meine 15 cm drückten die Boxer mächtig aus.

Ich wurde immer geiler und meine Atmung schaltete auf Sexatmung um. Auch sie wurde nervöser, das konnte ich hören, sehen, spüren und mit all meinen sonstigen Sinneskanälen wahrnehmen. Dann beendete Yasmin urplötzlich die Massage: „Darf ich Dich jetzt nochmal küssen?" „Du sagtest, nach der Massage. Wir sind aber noch nicht fertig." Sie lachte laut auf und juchzte mich geil an:

„Hab ich mir doch gedacht, dass jetzt so etwas kommt." Yasmin schaute mich verschmitzt an: „Ich habe so etwas aber noch nie gemacht. Ich habe einen Penis noch nie berührt. Ich habe schon ein wenig Angst davor und möchte Dich ja nicht enttäuschen." „Keine Sorge, meine Süße, das berücksichtige ich alles. Ich helfe Dir. Mach Dir keine Gedanken. Tu es einfach. Es kann nichts passieren." Mit diesen Worten zog ich mir meine letzten Klamotten aus und offenbarte ihr mein größtes Argument. Dieses schien ihr zu gefallen, denn sofort war ihre Hand an meinem Stick. Sie betastete ihn und streichelte sanft drum herum. „So?" „Ja." Sie berührte ganz soft meine Eier. Schön. Dann nahm sie gute Creme und cremte die gerade Banane ein.

Dabei bemerkte Yasmin meine bewegliche Vorhaut und schaute mich fragend an. Ich zeigte ihr, was es damit auf sich hat und dass sie keine Angst haben müsse. Nachdem sie 5 Minuten meinen Penis mit Umfeld gestreichelt hatte, fragte sie: „Wie soll ich jetzt weitermachen?" „Möchtest Du denn weitermachen?" „Ja, ich möchte Dich glücklich machen", strahlte sie mich an.

Ich zeigte ihr, wie ihre hübschen, kleinen Hände mich glücklich machen können. Sie griff zu. „Wie einen Tennisschläger nimmst Du ihn in die Hand und umfasst ihn." Tat sie. Geil! „Nun hoch und runter bewegen." Tat sie auch. „Mit der anderen Hand meine Hoden sanft kraulen oder meine Brust streicheln." Tat sie beides. „Du darfst mich dabei auch küssen." Tat sie.

Sie lag nun neben mir, und während sie mich leidenschaftlich küsste, masturbierte sie meinen Penis. Nicht schnell, aber intensiv. So intensiv, dass ich schon bald kommen musste. Ich stoppte sie. „Ich komme gleich. Magst Du einfach weiterküssen, oder es sehen?" „Ich will es sehen."

Yasmin kniete sich zwischen meine geöffneten Beine und blickte mich verführerisch an. Dann griff sie wieder zu und masturbierte mich. Diesmal etwas schneller als davor. Sie wusste, gleich würde es zu Ende gehen mit mir. Ich schaute zu, wie ihre Tennishand mit den rosa Fingernägeln süß auf und ab fuhr. Noch etwas schneller. Ja, jetzt musste ich abspritzen. Ich kam. Mein Sperma spritzte hoch.

Yasmin erschrak und ließ meinen Penis los. „Nicht loslassen! Weitermachen!", keuchte ich, doch sie war wie erstarrt. Also griff ich selbst schnell zu und wichste mir meinen Orgasmus gut zu Ende. Ich schaute sie etwas böse an, da begann sie zu weinen. Sie hatte immer noch einen großen Spermafleck auf ihrem Unterarm, damit trocknete sie sich jetzt ihre Tränen. „Hey, was ist denn, Süße?", nahm ich sie in den Arm. „Sorry, dass ich es nicht besser konnte und Dir das Ende versaut habe", schniefte sie. „Ach was, Du hast gar nichts versaut", log ich sie an. „Ist nicht schlimm, Du hast mich doch zum Höhepunkt gebracht. „Ja, aber dann habe ich aufgehört, anstatt es zu Ende zu machen. Tut mir so leid."

Ich drückte sie fest, küsste sie und flüsterte ihr ins Ohr: „Das nächste Mal kannst Du es ja einfach noch besser machen. Du weißt jetzt, was passiert, und wie sich das anfühlt, wenn ich komme. Sex lernt man. Kein Meister ist vom Himmel gefallen. Deine Massage war echt wunderschön, auch die Massage da unten. Und das Ende kannst Du später nochmal üben, wenn Du magst, okay?"

Sie beruhigte sich langsam und küsste mich. Alles war vergeben und vergessen. Ich drückte sie fest und sie wollte es genauso. Vorsichtig streifte ich ihr unter ihr T-Shirt und kraulte ihren jungen Rücken. Sie genoss es. Langsam näherte ich mich ihren Brüsten. Sie atmete tiefer, dann berührte ich sie endlich. Sie waren jung und fest. Als ich ihr das Oberteil auszog, sah ich ihre unglaubliche Schönheit.

Ja, sie waren jung und fest. Mein Tastsinn hatte richtig gelegen. Yasmin lag auf dem Rücken, während ich, nackt, wie ich war, ihren Hals tiefer küsste, dann ihre Brüste. Oben ohne war sie nun, ein wunderschönes Bild! Ich stimulierte sie mit Hand und Mund an allen freien Körperstellen, aber das Höschen war tabu. „Das geht mir zu schnell, Süßer, bitte habe Verständnis", bat sie mich.

Verständnis hatte ich keines, aber ich tat so, als hätte ich welches. Kein Problem. Nach einer knappen halben Stunde Kuscheln deutete ich auf meinen Penis und fragte sie: „Wenn Du magst, darfst Du es jetzt nochmal probieren." Sie strahlte. „Und diesmal machst Du es bitte sauber zu Ende.

14

Nicht aufhören, wenn oder während ich komme. Es ist wirklich ganz wichtig, dass Du schön weitermachst, und dann, wenn er schlaff wird, Du langsamer wirst und ihn zärtlich ausstreichelst. Okay?" „Okay!" Yasmin kniete sich diesmal direkt zwischen mich und startete oben ohne mit dem zweiten Handjob ihres Lebens. Und schon konnte sie es deutlich besser als davor. Mit ihrer rechten Hand umgriff sie Mr. X, der ohnehin schon steif war, und befriedigte ihn. Dann mit Links. Dann wieder mit Rechts. Auch mit beiden Pfoten gleichzeitig. Sie probierte sich aus. Anhand meiner Reaktionen verstand sie, dass alles, was sie tat, etwas Gutes war. Langsam wurde sie sicherer. Ihr Griff war nun enger und entschiedener. Ihr Tempo nicht mehr zögerlich, sondern bewusst. Ich ließ diese wunderschönen Teeniegefühle auf mich wirken und schaute immer wieder hin, wie ästhetisch schön und harmonisch sie wichste.

Sie versuchte auch mal einen Daumen-Zeigefingerkreis, dann wieder mit der Hammerfaust. „Gleich komme ich, mach genauso weiter, meine Süße", befahl ich ihr. „Und nicht aufhören, wenn ich komme, einfach so weitermachen." 10 Sekunden später zuckte mein Waschbrettbauch und ich schleuderte Sperma aus dem Schlauch.

Diesmal genoss Yasmin meinen Orgasmus genauso wie ich. Sie strahlte und wichste genial weiter. Etwa 11 Ladungen waren es, die ich ihr schenkte. Dann wurde sie ohne Anweisung langsam langsamer und streichelte aus. „Habe ich es jetzt besser gemacht?" „Besser? Das war mega!", küsste ich sie.

Ich war Yasmins erste Liebe. Sie aber nicht meine erste. Ich hatte zu diesem Zeitpunkt schon ach wie viele Mädels in meinem Bett gehabt und mir längst den Ruf eines Womanizers erarbeitet. Von dem sie ja auch dank ihrer Schwester wusste. Aber sie glaubte und träumte davon, dass ich nun ihr gehöre.

Ich ließ sie im Glauben und fickte derweil andere willige Girls. Trotzdem war mir die süße Yasmin wichtig und ich verbrachte echt gerne Zeit mit ihr. Wir spielten Tennis, wir kuschelten und sie holte mir immer gerne einen runter. Nur leider blies sie mir nie einen. Das wollte sie damals noch nicht. Was sie aber wollte, war, dass ich ihr erster Mann werde.

Ich hatte sie bis dato immer noch nicht ganz nackt gesehen. Ihre Pussy war nach wie vor tabu für mich. Da sagte sie mir eines Abends: „Du, ich möchte gerne mit Dir schlafen." Ich horchte auf. „Wirklich?" „Ja. Ich vertraue Dir jetzt. Du sollst mein erster Mann sein." „Aber ich habe Dich noch nicht einmal nackt gesehen." „Das kann man ja ändern", sagte sie und zog sich ihr Höschen aus. Was ich sah, verzauberte mich noch mehr. Blanke Pussy. Unberührt. Mit Jungfernhäutchen. Eine ganz sicher masturbationserfahrene, aber definitiv nicht männererfahrene Pussy. Aber rasiererfahren war sie schon. Kein einziges Haar konnte ich da unten bei ihr finden. „Darf ich Dich da berühren?" „Ja, aber bitte ganz vorsichtig", nickte sie.

Tat ich. Ich streichelte von ihren Brüsten hinab, bis ich ihren Venushügel erreichte. Er fühlte sich sehr jung an. Als ich über ihre geschlossenen Schamlippen fuhr, atmete sie laut. Als ich über ihren Kitzler fuhr, atmete sie lauter. „Darf ich Dich da verwöhnen?" „Ja." „Mit Hand und Mund?" „Mach so, wie Du weißt, dass es mir gefallen wird."

Dir wird mit Hand und Mund gefallen, Mädel, wusste ich. Also streichelte ich ihre Sexualorgane, dann küsste ich sie. Yasmin schmeckte frisch, nach Limone. Sie hatte eine gute Bodycreme. Der Womanizer wurde zum Leckgott. Köstlich bearbeitete ich ihre noch unerfahrene Fotze, die so unerfahren war, dass sie gleich dreimal kommen musste.

Ihre Orgasmen waren kräftig und heftig. Stark und gewaltig. Schön und intensiv. Dauerten lange. Was sicher auch an mir lag. Ich verwöhnte sie immer weiter, bis sie einfach nicht mehr konnte. „Das war wunderschön, Süßer." Kuss. Knutschen. Dann schlief ich mit ihr. Ich entjungferte sie. Sie war nicht die Erste und nicht die Letzte, die ich knackte. Viele waren es, aber dieser Stich war einer meiner schönsten.

Als Missionar drang ich langsam in sie ein. Sie schrie kurz auf, dann war alles gut. Das Handtuch saugte ihr bisschen Blut weg, dann genossen wir. Ich fickte sie vorsichtig und romantisch. Sie hielt sich wie ein Klammeraffe an meinem Oberkörper fest. Ich wurde etwas stärker, merkte aber, dass das zu stark für sie war. Dann kam ich auch schon.

Dieser Fick war ein geiler gewesen. Und nicht der letzte, den ich mit Yasmin hatte. 4 weitere Wochen ging das noch mit uns. Sie wurde im Bett immer sicherer und zutraulicher. Beim dritten Fick wollte sie auf mir reiten. Tat sie. Ganz gut fürs erste Mal, aber noch verbesserungswürdig. Auch Doggy erklärte ich ihr in Theorie und Praxis.

Leider bekam sie bald darauf mit, dass sie nicht mein einziges Mädel war. Ein dummer Zufall wollte es so. Die Yasmin verschwand ohne Tschüss und Adé aus meinem Leben. Was wohl aus ihr geworden war?

Diese Frage sollte nun beantwortet werden. Ich betrachtete die Yasmin L. von heute. Sie hatte sich im Gesicht kaum verändert. Immer noch lange, blonde Haare, ein wunderschönes Lächeln, ein toller Kussmund. Sie war nun Mitte, eher Ende 30, und eine sehr attraktive Frau. Ich musste mehr über sie erfahren.

Wir schrieben auf Facebook hin und her. Her und hin. Hin und her. Tag und Nacht. Sie erklärte mir ihr Leben: Nach dem Abi heiratete sie Magnus, einen schwedischen Studenten, den sie nach mir kennengelernt hatte. Leider blieb die Ehe kinderlos. Und leider hielt sie nicht für immer. Scheidung mit 28. Zweite Ehe mit Carlo. Hielt 6 Jahre. Dann wieder Scheidung. Wieder keine Kinder.

„Ich kann in diesem Leben leider keine eigenen Kinder bekommen", schrieb sie. „Habe mich mittlerweile damit abgefunden. Schade. Hast Du welche?" „Ja, 2." Schrieb ich zurück. „Bist Du noch mit der Mutter Deiner Kinder zusammen?" „Ja." „Und beruflich?"

Sie hatte Sport studiert und arbeitete für den DTB, den Deutschen Tennis Bund. Sie organisierte auch das Turnier am Hamburger Rothenbaum mit. „Komm mich doch mal besuchen, wir haben uns sicher viel zu erzählen", stupste sie mich lieb an. „Das Rothenbaum-Turnier läuft gerade."

Warum nicht, dachte ich. Also buchte ich spontan einen Flug und ein Hotel in Hamburg. Gierig flog ich das Wochenende in die große Hansestadt und war auf Yasmin gespannt. Ein Wiedersehen nach 20 Jahren ist immer sehr reizvoll. Der Andrea erzählte ich etwas von einem Geschäftstermin. Sie hatte Verständnis und wünschte mir viel Erfolg.

17

Als ich in Hamburg das Flugzeug verließ, wusste ich nicht, dass ich schon 5 Minuten später eine bildschöne Ex von mir drücken würde. Denn da stand sie: Yasmin L. Ich erkannte sie sofort. Sie mich auch. Sie lief auf mich zu und umarmte mich fest. Es fühlte sich so vertraut an. Aus dem unschuldigen Teenie war eine reife Frau geworden. Ihre Gesichtszüge waren dieselben wie damals. Ihre Hände genauso schön wie damals. Ihre Figur: Wow! Dass Frauen mit Ende 30 noch heiß sein können, bewies Yasmin aber sowas von.

„Komm mit, ich fahre Dich erstmal ins Hotel", schleifte sie mich ab. Sie war business-sexy gekleidet. Fuhr einen BMW. Verdiente also gut. Stellte sich aber als Firmenwagen heraus. Privat fuhr sie einen Opel. Sorry. Armes Ding. Im Hotel checkte ich ein, danach gingen wir zusammen Abendessen. Die Yasmin führte mich in einen guten Italiener aus.

Hier saßen wir nun, 20 Jahre später, und flirteten erneut miteinander. „Das war damals nicht schön, was Du mit mir gemacht hast", startete sie den privaten Talk. „Du hast mich sehr verletzt, als ich erfuhr, dass ich nicht die Einzige war." „Tut mir leid, ich war jung. So war ich halt. Ich bin nicht stolz darauf, Dir damals das Herz gebrochen zu haben."

„Schon gut", lenkte sie ein, „ich habe mich wohl auch zu sehr hineingesteigert. So sind Männer halt." Ich erfuhr, dass sie von beiden ihrer Ehemänner sexuell betrogen wurde. „Das hast Du nicht verdient." „Jetzt bin ich einfach Single, ist besser so." „Affären oder Liebeleien?" „Derzeit keine. Ja, ich komme auch gut allein mit mir klar."

Es war nicht nur ein gutes Essen, sondern auch ein gutes Gespräch. Yasmin spielte mit ihren Reizen. Sie wollte mich, das war mir sofort klar. Als der Abend länger und später wurde, gingen wir noch einen Cocktail trinken. „Danke trotzdem für damals, für meine ersten sexuellen Erfahrungen. Ich denke sehr gerne an unsere Momente zurück.

Als ich Dich dann zufällig auf Facebook gefunden habe, dachte ich, ich muss Dich auf jeden Fall anschreiben. Ich war mir aber nicht sicher, ob Du antworten würdest." „Hier bin ich", grinste ich und stieß mit ihr an.

Dann fuhr sie mich zu meinem Hotel. Die Verabschiedung zögerte sich aber hinaus. Ich wollte nicht gehen. Und sie mich nicht gehen lassen. Mir war klar: Das wird gleich im Bett enden. Schließlich fragte ich sie: „Magst Du noch mit rauf kommen?" Yasmin nickte. In meinem Zimmer angekommen, bevorzugte ich erst einmal die Dusche. „Ich bin gleich zurück, bin ziemlich verschwitzt." Während ich duschte, muss sie sich wohl ausgezogen haben, denn als ich das geräumige und luxuriöse Zimmer wieder betrat, lag sie unter der Bettdecke und kicherte mich an. Ich ließ mein Handtuch sofort fallen und stieg zu ihr. Back to the good old days! Wir schauten uns ganz nah an, dann küssten wir uns. Ich küsste die 17-jährige Yasmin, die nun aber mehr Erfahrung hatte. Sie küsste gut und leidenschaftlich. Während meine Hände ihren Körper erkundschafteten, erkundschaftete sie meinen.

Ich stellte schnell fest: Ihre Brüste waren deutlich größer geworden. Silikon oder Hyaluron. Sah toll aus, fühlte sich dennoch etwas gebastelt an. Ich stieß an ein kleines Bauchnabelpiercing, dann wanderte meine Hand tiefer. Auch ihre Hand wanderte tiefer und kam endlich an meiner Keule an. Ihr Griff fühlte sich umwerfend an.

Ich spürte Haare. Unten bei ihr. Schamhaare. Aber nicht alles voll, sondern schön getrimmt zu einem senkrechten Strich. Währenddessen startete sie die Masturbation an mir unter der Decke. Wir küssten feucht dabei. „Ich möchte mit Dir schlafen", stöhnte sie mir ins Ohr. Sie wusste, dass ich nun verheiratet bin, aber es war ihr egal. Kondome hatte ich sicherheitshalber dabei, sie nicht. Sie wollte ohne. Okay. Bin dabei.

Da sie keine Kids machen konnte, konnte sie auch nicht schwanger werden. Right? Die Logik von Lechs Kosmos. Ich startete als Missionari. Nun sah ich ihre Fotze. Dunkelblonde Schamhaarfarbe – schön! Ich stach in sie ein und fickte sie. Sie klammerte sich genauso eng wie damals, wie ein Klammeräffchen, um meinen kräftigen O-Körper. Ich variierte Tempo, Intensität, Dynamik, Rhythmus. Sie variierte ihre Gesichtsausdrücke und Stimmlage. Dann durfte sie mich besteigen. Ihr Körper war sehr schön.

Ihre gemachten Titten standen wie Titten mit Stern. Sie ritt so gut, war eng. Ich musste kommen. Und schoss meinen Saft in ihren Braten. Um auch sie zu erfüllen, leckte ich sie zu einer Orgasmussalve. Ich glaube, 4 oder so waren es, die sie hintereinander immer wieder erlebte. Erschöpft kuschelten wir noch, dann schliefen wir ein.

Yasmin musste früh raus, der Rothenbaum rief. Sie hatte aber all ihre Klamotten für den Tag dabei, im Auto. Ebenso ihre Schminktasche etc. Sie hatte das also geplant mit mir im Hotel. Luder! Vor dem Frühstück um 7 Uhr hatten wir aber natürlich nochmal Sex. Diesmal passierte es: Sie blies mir einen. Endlich, nach 20 Jahren!

Was sie mir damals verwehrte, setzte sie diesmal genial in die Tat um. Sie kniete vor mir und blies meinen Kameltreiber elegant und intensiv. „Komm her", kommandierte ich sie in die 69er auf mich. Auch die hatte sie mittlerweile kennengelernt. Ist immer wieder schön, wie das Leben einen prägt und weiterentwickelt. Ich unter ihr, leckte ich sie. Sie auf mir, blies sie mich. Sie kam. Und wackelte heftig in meinem Gesicht. Kurz darauf kam ich. Und ja, sie schluckte! Und ja, alles. Ich spürte, fühlte und zelebrierte diesen Moment perfekter Sexualität. Dann mussten wir arbeiten. Sie musste leider arbeiten. Ich fuhr mit und schaute mir Tennis an. Gute Matches. Große Namen. Roger Federer in seinen letzten Zügen. Rafael Nadal aus Spanien. Sie alle waren gekommen. Ich sammelte Autogramme und Fotos für meine Kids. Roger schenkte mir sogar eines seiner Rackets.

Am Abend, als alle Spiele des Tages beendet waren, gab es eine Gala. Mit großem Dinner. Yasmin nahm mich mit. Das Essen schmeckte vorzüglich. Viele andere hübsche Frauen waren anwesend, doch mein Kopf war nur bei Yasmin, denn sie machte mir klar und deutlich, dass sie später noch Sex mit mir haben wolle.

Wir hatten Sex. Zusammen duschten wir uns rein. Dabei fickte ich sie stehend unter der Brause. Sie beugte sich vor an die Wand, ich hielt ihren knackigen Po fest und lochte gut als Golfer ein. Kommen sollte ich aber im Bett. Sie zog mich auf die Spielwiese und holte mir genüsslich einen runter. Dabei blickfickte sie mich.

Wie damals: Mal mit Links, dann mit Rechts, mal mit beiden Händen befriedigte sie mich echt gut. Ja, dann kam ich: Hoch spritzte ich. Yasmin kicherte und staunte, wichste aber so, wie ich es ihr damals erklärt hatte, schön weiter, bis sich die Größe meines Penis in ihrer Hand halbierte.

„Mann, Du spritzt immer noch so heftig wie damals", lachte sie. „So intensiv, so viel und so hoch haben meine Ex-Männer nie abgespritzt." Ich fühlte mich gut.

Danach kümmerte ich mich um Yasmins Erlösung. Lecken. Lecken. Lecken. Mit Finger. Katjas Lecktechnik katapultierte meine Ex in den Himmel. Sie rollte von Orgasmus zu Höhepunkt und von Höhepunkt zu Orgasmus. Irgendwann konnte sie nicht mehr: „Aufhören. Das ist zu krass, was Du da mit mir machst." Sie schnaufte tief durch. „Wunderschön, was Du mit mir machst."

So schliefen wir sehr glücklich ein. Am nächsten Morgen musste ich das Zimmer räumen, Rückflug war um 15:15 Uhr. Sonntag war der Rothenbaum spielfrei. Wir hatten Zeit bis 12:00 Uhr im Hotel. 69 um 7 startete den Tag. Dann fickten wir uns. Sie wollte, dass ich in ihr komme, also kam ich in ihr, während sie rücklings auf mir ritt.

Ich fingerte sie zum Cut. Wir frühstückten lecker. Zum Abschluss fickten wir erneut. Sie wieder rücklings auf mir, das war geil. Dann vorwärts. War geil. Sie beendete es mit einem scharfen Blowjob, bei dem ich ihr mein Abschiedsgeschenk in den Mund jagte. Dann ging es zurück nach München für mich.

Goodbye, Yasmin!

Irland

Becky, die Irin. Ich fand sie wieder auf meinem Laptop, als ich mir in aller Ruhe meine private Pornosammlung reinzog. Zig Hunderte Videos in Dutzenden Ordnern haben sich mittlerweile auf meinem Laptop angesammelt. Es sind meine Erinnerungen an geilen Sex mit verschiedenen Frauen. Viele wussten, dass ich uns dabei filme. Andere nicht. Viele nicht. Aber was soll's: Nur ich schaue mir die Filmchen an.

Verbreite sie ja nicht öffentlich im Internet oder so. Es ist mein privates Womanizer-Vergnügen. Das Video mit Becky war eines meiner ersten, ich hatte es fast schon vergessen. Ich erinnerte mich zurück: Ich war Anfang 20 und kannte meine jetzige Frau Andrea noch nicht. Ein Praktikum schickte mich 2 Wochen nach Irland, um dort bei einer TV-Gesellschaft, die mit unserer kooperierte, zu lernen.

Mein erstes Mal Irland. Belfast. Belfast ist die Hauptstadt von Nordirland im Vereinigten Königreich Großbritannien, und die zweitgrößte Stadt der wunderschönen irischen Insel. Dublin ist übrigens die größte. Belfast hat etwa 340.000 Einwohner und liegt an der Mündung des Flusses Lagan. Die Stadt besitzt den Status einer City und bildet einen der 11 nordirischen Verwaltungsbezirke.

Belfast ist Sitz eines katholischen und eines anglikanischen Bischofs, Universitätsstadt und hat einen schicken Seehafen. Die Stadt ist außerdem Sitz der Regierung und des Parlaments von Nordirland. Am Donegall Square befinden sich das Rathaus und die Linen Hall Library.

In der Innenstadt das Theater, erbaut 1894 durch Frank Matcham. Gegenüber liegt der bekannteste Pub, der Crown Liquor Saloon. An der Donegall Street die Kathedrale St. Anne's der anglikanischen Church of Ireland.

Das Schloss auf dem Cavehill geht auf eine Normannenburg des 12. Jahrhunderts zurück. Die Queen's University hat rund 25.000 Studenten. An der Antrim Road im Norden Belfasts liegt der Zoo der Stadt. Genug Geographie und Geschichte jetzt! Aber all das interessierte mich damals sehr.

Als junger Mann wollte ich die Welt erkunden. Gleich an meinem ersten Arbeitstag lernte ich die Becky kennen. Sie war die Teammanagerin und damit meine Vorgesetzte. 30 Jahre alt. Rothaarig. Quite sexy! Wir sprachen Englisch. Für mich kein Problem. Aber der irische Akzent ist nicht ohne. Zuerst verstand ich sie kaum, aber nach und nach verstand ich mehr und mehr Worte aus ihrem hübschen Mund. Ich fand sie süß und wollte sie, doch wollte mich natürlich nicht blamieren oder mir Ärger mit ihr einhandeln. Also beobachtete ich die Lage und hielt mich höflich zurück. Vorerst.

Dafür wurde ich von Pippa angemacht. Pippa war so alt wie ich, 21, und arbeitete dort gerade mal ein halbes Jahr. Probezeit vor wenigen Tagen bestanden. Normal aussehend. Nichts Besonderes. Aber auch nicht abstoßend. Eine Durchschnittsfrau. Nette Figur, unauffälliges Gesicht. Ich arbeitete eng mit ihr und spürte, dass ich ihr gefiel.

Am dritten Tag versuchte sie ihr Glück und flirtete mich kurz vor Dienstschluss an: „Hast Du heute noch etwas vor?", fragte sie mich. „Nö", meinte ich, „vielleicht mir ein bisschen die Innenstadt anschauen, aber mehr nicht." „Ich kann Dir einiges zeigen", lächelte sie, „ich komme von hier, ich bin hier geboren, kenne mich bestens aus."

Auf eine persönliche Führung hatte ich schon Lust, vor allem auf eine, die in ihrem oder in meinem Bett enden könnte. Ich sagte zu. Um 16:30 Uhr verließen wir zusammen die Firma und Pippa führte mich ein wenig herum. Ihre kurzen, schwarzen Haare ließen sie älter aussehen. Ihr Gesicht war sehr rund, ihr Po ein wenig zu dick für ihren Oberkörper. Sonst eine normale 21-Jährige.

Sie erzählte mir, dass sie vor 2 Wochen Schluss mit ihrem Freund gemacht hatte, weil er sie mehrfach betrogen hatte. Armes Ding. „Magst Du meine Bude sehen?", fragte sie mich so gegen 18:30 Uhr. „Wenn Du magst, koche ich auch etwas für Dich." Klar sagte ich „Klar". Sie führte mich in ein Mehrzimmerhaus, ihr gehörte eine Wohnung im 2. Geschoß. „Hier wohne ich, gehört meinem Vater. Hat er für mich gekauft", protzte sie. Ich staunte.

2 Zimmer waren es, aber schön und großzügig geschnitten. Dazu Küche und Bad. „Nett hast Du es hier", lobte ich sie. Sie überreichte mir ein Bier aus dem kühlen Schrank und kochte für uns Irish Stew.

Irish Stew ist ein traditionell irisches Eintopfgericht, das aus Lammfleisch, Kartoffeln, Zwiebeln und Petersilie besteht. Es werden auch gelbe Rüben und Pastinaken zugegeben. Während Pippa am Herd stand, unterhielten wir uns nett. Es war guter Smalltalk, der uns immer näher aneinander führte. Endlich Essen!

Irish Stew schmeckte gut! Ich haute mir meinen Magen voll. Als Nachtisch gab es Pancakes mit Marmelade. Also diese Pippa konnte für ihre erst 21 schon verdammt gut kochen! Nun wurde es romantisch. Sie legte eine softe CD ein und gesellte sich mit mir auf das Kuschelsofa. „Und, hast Du schon mal ein irisches Mädchen gehabt?", fragte sie mich schließlich mit hohem Wimpernschlag.

„Ich habe schon einige Mädels gehabt, aber eine Irin war noch nicht dabei." Da neigte sich Pippa zu mir rüber und küsste mich. Ich hatte nichts dagegen. Sie schmeckte süß, nach Pancakes. Ich küsste mit. Schnell waren meine Hände unter ihrem T-Shirt. Kurz darauf war das T-Shirt weg.

Das Vorspiel wurde intensiver, bis wir beide gar nichts mehr an hatten. „Wollen wir miteinander schlafen?", fragte ich sie. „Sorry, aber dafür bin ich noch nicht soweit. Dafür brauche ich mehr Zeit. Aber ich kann Dir einen runterholen." Schon damals war ich ein richtig großer Handjob-Fan. Ich liebe Handjobs! „Ja, mach schon", bat ich sie, meine Erregung aufrecht zu erhalten.

Ich lag auf dem Sofa, während Pippa zwischen meinen Beinen kniete und meinen Ding Dong in die Hand nahm. Ich musterte sie. Hatte schon Hübschere gehabt. Aber auch Schirchere. Leider konnte Pippa nicht sonderlich gut wichsen. Viel zu ruckartig arbeitete sie. Mädel, etwas filigraner bitte.

Doch Pippa konnte nicht anders. Mehrmals nahm ich ihre Hand in meine und legte sie dann so um meinen Penis, wie ich es brauche. Doch sie rutschte immer wieder ab und verfiel in ihre komische, irische Technik.

Die reichte aber trotzdem aus, um mich gezielt abspritzen zu lassen. Ich kam gut und war zufrieden. „Magst Du über Nacht bleiben?", fragte sie mich. „Heute nicht, ich habe nichts dabei. Außerdem muss ich noch meine Eltern anrufen, die warten auf ein Lebenszeichen von mir." „Okay", flüsterte sie, „dann wieder bis morgen."

Am nächsten Tag arbeiteten wir erneut fleißig zusammen, sprachen aber kaum über uns. Erst kurz vor dem Feierabend fragte mich Pippa, ob ich erneut zu ihr kommen wolle. Ich sagte zu. Zusammen gingen wir direkt zu ihr. Sie kochte wieder etwas Leckeres. Shepherd´s pie ist ein Fleischauflauf, der mit Kartoffelbrei überbacken wird.

Schmeckte noch besser als Irish Stew. Danach wurde es romantisch. Wir küssten und zogen uns dabei aus. „Magst Du heute mit mir schlafen?", fragte ich. Doch wieder erteilte sie mir eine Abfuhr und wollte mir einen wichsen. „Kannst Du mir auch einen blasen?", wollte ich neugierig wissen. Sie hätte sicher gekonnt, aber sie wollte nicht.

Na gut, dann ließ ich sie wieder an mir herummasturbieren. Diesmal war ihr Griff etwas besser als Tags davor und ich kam schon nach 5 Minuten. Diesmal hatte sie es auch mit der anderen Hand gemacht. „Möchtest Du, dass ich auch Dich verwöhne?", fragte ich sie. „Ja, gerne", lächelte sie schamhaft und legte sich in Position.

Der junge Womanizer streichelte ihren Körper und rubbelte ihre Clit, während er knutschte. Sie kam. Als Belohnung dafür gab es noch Oralsex von mir für sie. Ich leckte ihre teilrasierte Muschi zu 2 weiteren Highlights. Sie schmeckte irgendwie seltsam da unten, eine Duftnote, die ich nicht zuordnen konnte. Nicht schlecht, aber auch nicht nach heiliger Rose. Anders einfach.

Pippa war glücklich und wollte unbedingt, dass ich bei ihr schlafe. Tat ich diesmal auch, da ich mit ihrem Wunsch gerechnet hatte. Am dritten Abend dann endlich gab es mehr: Sie blies mir einen. Leider nicht gut. Ihre Zähne waren etwas spitz bei der Sache, und sie blies mehr, als dass sie lutschte. Ich war am Verzweifeln, da ich so nicht kommen konnte. „Mach es mit der Hand zu Ende", bat ich sie schließlich.

25

So erlöste sie mich und ich bekleckerte ihre Brüste. Ein Nippel war durchstochen. Danach leckte ich sie glücklich und schlief in ihrem Arm ein. Weitere Lust auf Pippa hatte ich aber nicht, also ließ ich mir für die kommenden Abende Ausreden einfallen. Nach der dritten Ausrede schenkte ich ihr klaren Wein ein. Das hatte Konsequenzen für mich. 2 Tage später zitierte mich Teammanagerin Becky zu sich ins Büro. Es war bereits 17 Uhr, eigentlich längst Feierabend für mich, da fing sie an: „Ich habe gehört, dass Du was mit Pippa hattest. Stimmt das?" „Ja", nickte ich, „ist das verboten?" „Nein, aber sie hat sich gestern bei mir ausgeheult, dass sie sich irgendwie benutzt von Dir vorkommt, weil Du sie abserviert hast."

„Nun ja, wir hatten 3 nette Abende zusammen, aber so nett waren die halt auch nicht, dass ich das jetzt jeden Tag brauche", erklärte ich Becky. „Verstehe, was hat sie denn falsch gemacht?" „Ich glaube nicht, dass das jetzt hierher gehört", konterte ich selbstbewusst. „Ich denke, die Details sind Privatsache. Aber ich bin ein freier Mann und darf doch entscheiden, mit wem ich eine Nacht verbringe oder auch nicht."

„Ja, sicher. Aber sie hat sich abserviert gefühlt von Dir. Und ist jetzt sehr traurig." „Sorry, aber dafür kann ich nichts." „Ja, Du musst Dich vor mir nicht rechtfertigen, ich habe Deinen Standpunkt verstanden. Aber mal unter uns: Warum hast Du kein Interesse mehr an ihr?"

„Unter uns? Na gut: Sie ist einfach nicht gut im Bett. Unerfahren und nicht lernfähig. Jetzt hast Du Deine Antwort." Becky schüttelte den Kopf: „Typisch Kerl." „Was heißt das nun wieder?", schüttelte ich den Kopf zurück. „Komm, lass uns gehen, wir können das in chilliger Atmosphäre besprechen, bei einem Bier, ich lade Dich ein."

Ein interessantes Angebot meiner hübschen Chefin. Ablehnen konnte und wollte ich dies nicht. Also verließen wir ihr Office und sie führte mich in ihre Lieblingskneipe. Dort wurde es schnell privat: „Und, hast Du schon viele Mädels gehabt?" Ich setzte mein bestes Womanizer-Grinsen auf: „Viele? Ja, in der Tat." „Wie viele?" „Der Gentleman schweigt und genießt", grinste ich. „Du kannst mir glauben, ich bin schon im dreistelligen Bereich angekommen."

„Soso, dann hast Du also schon eine Menge Erfahrung mit den Frauen." „Das kann man so sagen." „Aber wahrscheinlich hast Du nur Mädels gehabt bisher." 18-Jährige, 20-Jährige, 22-Jährige, die allesamt noch keine große Erfahrung haben und nicht wissen, wie Sex richtig geht." „Da irrst Du Dich gewaltig", korrigierte ich sie. „Auch Frauen in Deinem Alter waren dabei. Schon einige sogar. Die stehen auf mich, weil ich weiß, was Frauen wollen." „Soso", lächelte Becky wieder. „Ich wäre ja fast versucht, es mal darauf ankommen zu lassen." Pause. Ich überlegte. „Ich stehe bereit", schoss es dann aus mir heraus.

„Nicht so schnell, Playboy", bremste sie mich, „ich sagte: Ich wäre fast versucht, es mal darauf ankommen zu lassen. Ich sagte nicht, dass ich es darauf ankommen lasse." „Wie kann ich Dich davon überzeugen, es doch darauf ankommen zu lassen?" „Knutsch mit mir. Du hast 1 Minute Zeit. Wenn Du mich überzeugst, erhältst Du Deine Chance."

Ich wollte sofort loslegen, doch sie blockte ab: „Nicht hier." Sie zahlte und wir gingen vor die Tür. Ein paar Straßen weiter, ums Eck. In einer kleinen Nische meinte sie: „So, Deine Minute läuft." Ich drückte mich an sie und küsste sie so intensiv ich konnte. Kuss. Kuss. Kuss. Mit Zunge. Solange, bis sie mich sanft wegdrückte.

„Deine Minute ist um", lächelte sie teuflisch. „Und, wie war ich?" „Ganz okay, aber nicht gut genug", konterte sie, „das reicht nicht für mich. Sorry. Hab noch eine schöne Nacht." Sagte sie und ließ mich einfach stehen. Da stolzierte sie in ihrem Minirock dahin. Schlampe! Ich war frustriert und wütend. Fühlte mich ausgenutzt und betrogen. Ich setzte mich auf eine Bank ein paar Meter weiter und versuchte, mich zu erholen.

Doch Beckys ablehnendes Verhalten setzte mir zu. Mir kamen die Tränen. Zurückweisung ist etwas, mit dem ich seit je her nicht gut klarkomme. Vor allem, wenn es um Sex geht. Ich bin mir meiner männlichen Reize durchaus sehr bewusst und weiß, wie ich bei Frauen ankomme.

Umso mehr verletzt es mich, wenn mir eine Tussi Hoffnung macht und mich dann brutal zurückstößt. Ich saß da wie ein Häufchen Elend, mein Kopf in meinen Händen.

27

Bis ich spürte, wie sich jemand neben mir auf die Bank setzte. Ich schaute auf und entdeckte ein äußerst junges Mädel, so 16 schätzte ich sie. Kurz darauf erfuhr ich, dass sie 18 war. Emma war ihr Name. „Hey, was ist denn mit Dir los?", fragte sie mich lieb. „Ach, nichts, ist schon gut", gab ich schniefend zurück. „Hat es etwas mit der Frau zu tun, mit der Du gerade geknutscht hast?" Sie hatte mich gesehen. Beobachtet. Observiert! Ich erzählte ihr die Story mit Becky und wie ausgenutzt ich mich fühlte. „Sie meinte, meine Küsse seinen nicht gut genug für sie. Blöde Schnepfe, derweil bin ich ein echt guter Küsser", motzte ich und rieb mir die letzte Träne aus dem Gesicht.

Emma war sehr besorgt um mich und nahm mich in den Arm. „Woher kommst Du?" Ich berichtete ihr über mich und mein Leben in Deutschland und mein 14-tägiges Arbeitspraktikum hier. Ich schien ihr zu gefallen. Schließlich meinte Emma: „Was hältst Du davon, wenn wir heute Abend ins Kino gehen? Da laufen gute Filme. Ich hab ohnehin nichts vor.

Das lenkt Dich ab und ich kümmere mich um Dich." Cooles Angebot. „Gerne, danke", stammelte ich und küsste sie auf die Wange. Wir gingen. Hand in Hand. Sie hatte nach meiner gegriffen und hielt sie fest und zart zugleich.

Im Kino schauten wir uns einen heftigen, aber guten Horrorfilm an, bei Popcorn und Cola, wie es sich gehört. Dabei kuschelte sie sich eng an mich und ich nahm sie eng in meinen Arm. Dieses kleine Ding gefiel mir immer mehr. Emma war etwa 1,60 m groß und schlank. Ihre langen, braunen, lockigen Haare waren frisch gewaschen und dufteten gut.

Auch sie duftete gut. Ihr Parfüm zog mich an. Sie zog mich an! Plötzlich knutschten wir. Emma war mein Geschenk des Abends. Die Kleine und ich zungenküssten und wir schenkten uns gegenseitig schöne Gefühle. Als der Film zu Ende war, schaute sie mich verliebt an und meinte:

„Also, Du kannst echt super küssen. Vergiss, was diese komische Frau gesagt hat. Ich weiß es besser." Das ging runter wie Öl und Butter gleichzeitig. „Ich wohne bei meinen Eltern, ist nicht so gut. Wo wohnst Du denn hier die Tage?" Es war eine kleine, aber feine Pension, in der ich meine 14 Tage Irland genießen durfte. „Komm mit zu mir."

In meinem kleinen, aber feinen Zimmer durfte Emma nun mein Gast sein. „Warte, ich mag mich schnell noch frisch machen", säuselte sie und küsste mich. Ich machte es mir auf dem Bett gemütlich und mich nackig. Dann kam sie. Hübsch wie eine kleine, irische Fee stolzierte sie nackt, wie Gott sie geschaffen hatte, auf mich zu. Das kleine, braune Dreieck zwischen ihren Beinen sah ich zuerst. Es war gestutzt und zurechtgetrimmt, trotzdem stark. Ihre langen Haare hatte sie zum Zopf gebunden. Hatte dieser Abend also doch noch etwas Gutes! Die Schmach mit Becky war längst vergessen, nun hieß meine Welt Emma. Ich nahm sie entgegen und legte mich auf sie.

Mein Steifer drückte in ihren Bauch hinein, was sie nur noch geiler machte: „Schläft Du mit mir?", bat sie mich. Ich hatte genügend Kondome mit, also holte ich eines davon aus der Schublade und streifte es mir über. Dann drang ich in ihre süße, enge Pussy ein. Emma öffnete ihre Beine weit, fast schon in den Spagat hinein, und ließ mich stoßen.

Emma war die erste irische Scheide, in der ich steckte. Während ich sie fickte, knutschten wir. Es war leidenschaftlicher, echt guter Sex. Die 18-Jährige erlebte sogar einen Höhepunkt während des Beischlafs, dann erlebte ich meinen Höhepunkt während des Beischlafs. Als wir fertig waren, bedankte sich Emma mit einem langen Kuss bei mir und meinte:

„Eigentlich muss ich dieser Becky dafür dankbar sein, dass sie so gemein zu Dir war, sonst wären wir nicht zusammengekommen." Recht hatte sie. Wir schliefen ein. Am nächsten Morgen verabredeten wir uns für den Abend. Direkt bei mir. Ich ging in die Firma und merkte, dass mich Becky genervt anblickte, die ganze Zeit über. War mir egal. Ich hatte ja nichts verbrochen und machte meine Arbeit gut.

Kurz vor Feierabend bekam ich die strange Botschaft, in Beckys Büro zu kommen. Oha! „Und, hattest Du Spaß gestern Abend noch mit der Kleinen?" Woher wusste sie das, bitte schön?! Hatte sie mich beobachtet? Verfolgt? Observiert? Ausspioniert? „Woher weißt Du denn das schon wieder?", fragte ich sie direkt. „Na, ich habe es selbst gesehen." „Du bist doch gegangen", korrigierte ich sie.

„Schon, aber dann bin ich nach 5 Minuten umgedreht, um mich zu entschuldigen bei Dir. Denn Du hast echt gut geküsst. Doch dann warst Du schon in den Fängen der Kleinen. Ich wollte sehen, wie sich das entwickelt. Dann seid ihr Hand in Hand gegangen. Ich hoffe, Ihr hattet Spaß zusammen."

„Ja, den hatten wir. Es war eine wunderschöne Nacht, wenn Du es wissen willst." Becky hob ihren Kopf und räusperte sich. „Wie gesagt: Ich wollte mich bei Dir entschuldigen. Du hast echt gut geküsst." „Ja, schon gut. Entschuldigung ist angenommen. Kommt aber etwas spät." „Ich weiß, aber ich konnte einfach nicht anders gestern."

„Alles gut, Schnee von gestern", lenkte ich ein. „Sonst noch was?" „Nein." „Na gut, dann einen schönen Feierabend Dir", sprach ich, erhob mich und ging. Ließ sie einfach stehen. Ha! Gut gemacht, mein Freund. Schnellen Schrittes düste ich ab und zu mir nach Hause. Kurz darauf klingelte es und die Emma küsste mich. Herein! Sie hatte ihre Haare etwas blonder heute, stand ihr auch super.

Schnell landeten wir nackt im Bett, wo ich ihre Pussy mit meinen Händen streichelte und ihren Knopf suchte und fand. Diesen stimulierte ich manuell. So lange, bis die Maus zum Orgasmus zuckte. Ihr Bauch war gut trainiert. Ihr Sixpack spannte kräftig an, als sie kam. Süß. Dann sollte sie Hand anlegen. Und das fühlte sich irisch geil an!

Emma masturbierte zehnmal besser als Pippa. Gott sei Dank! Ihre kleinen Hände passten perfekt um meinen Prügel. Emma wusste genau, wie mein Penis gestreichelt und gewichst werden muss. Ein Naturtalent! Sie legte sich seitlich über meine Brust und befriedigte mich. Ich sah nicht viel: ihren bezaubernden Rücken und seitlich ihren Po.

Während sie mit Links gute Arbeit erledigte, knetete ich ihren Knackarsch, bis ich immer unruhiger wurde. „Jetzt", rief ich ihr zu, da spritzte ich auch schon ab. Mein Sperma flog hoch und landete in meinem Gesicht. Es flog über sie hinüber. Emma zuckte und drehte sich kurz um, dann fokussierte sie sich wieder auf meinen Steifen und wichste alles aus mir heraus. Ihre Handarbeit war eine Eins mit Stern, also 1*. Ich war glücklich und dankbar dafür.

Genauso glücklich und dankbar schliefen wir ein. So kam es, dass Emma meine abendliche Abendfreude wurde. Becky wusste das wohl. Sie sah es mir an. Ich gab ihr unmissverständlich mit meinem glücklichen Blick zu verstehen, dass ich abends und nachts in sehr guten Händen war. Sie schäumte innerlich. So kam es mir vor.

3 Tage vor Ende meiner Irlandzeit ließ mich Becky erneut antanzen. Sie war megascharf angezogen und hatte sich sexy für mich zurechtgemacht. „Hör zu. Du hast gewonnen. Ja, ich möchte gerne mit Dir Sex haben. Wollte ich schon von Anfang an. Also lass mich jetzt nicht Links liegen." „Sorry, Becky, aber ich bin heute Abend wieder mit Emma verabredet. „Dann versetze sie."

„Nein, so läuft das nicht. Sie ist echt lieb und nett und verdammt gut im Bett. Das kann ich ihr nicht antun." „Aber ich will unbedingt bevor Du abreist noch eine Nacht mit Dir haben. Du willst es doch auch. Das weiß ich." „Ja, stimmt. Das will ich auch. Vom ersten Tag an. Pass auf: Heute Abend gehört auf jeden Fall Emma. Morgen auch. Und meine letzte Nacht hier verbringe ich dann mit Dir. Einverstanden?"

„Einverstanden." Wir hatten einen guten Deal. Ich hatte 2 Abende und Nächte noch tollen Sex mit Emma. Die Verabschiedung war innig und herzlich. Ich versprach ihr, dass wir uns wiedersehen werden. Dann hatte ich nur noch die Becky im Kopf. Meine Teamleiterin. Meine Chefin. Die 30-Jährige.

Mein letzter Tag in der Firma war gut. Nachdem ich mich von all meinen lieb gewonnenen Kolleginnen und Kollegen verabschiedet hatte, folgte das offizielle Abschlussgespräch mit Becky. Sie war sehr nett und lobte mich für meine gute Arbeit. Sie händigte mir ein sehr gutes Zeugnis aus. „Danke!", freute ich mich. Doch sie hatte längst etwas anderes im Kopf. „Zu Dir in Deine Pension oder zu mir?"

„Zu mir", lockte ich sie, denn ich hatte Besonderes vor: unseren Sex zu filmen. Das hatte ich auch mit Emma vorgehabt, aber irgendwie von Tag zu Tag weiter geschoben, bis es zu spät war. Nun musste Becky dran glauben. Ich hatte damals eine kleine Videocam, die sehr unauffällig war. Man konnte sie gut im Raum verstecken. Sie fiel nicht auf.

Heute ist es viel einfacher mit den klitzekleinen Spy Cams: einem Kugelschreiber, einer Sonnenbrille, einem Hemdknopf etc. Becky begleitete mich nach der Arbeit raus, doch zuerst wollte sie gut mit mir essen gehen. Sie lud mich irisch ein. War sehr köstlich. Dann ab zu mir.

Während Becky sich im Bad die Zähne spülte und neu schminkte, platzierte ich meine Cam in bestem Winkel zum Bett. Mit Nachtfunktion. Somit konnte ich den Raum gut abdimmen, damit die Cam sicher war. Sie hatte auch keinen Rotlichtblinker bei Aufnahme, darauf hatte ich beim Kauf geachtet. Die Tür öffnete sich und Becky stolzierte in grüner Strapse auf mich zu.

Ich war damals 22. Hatte schon viele Mädels und Frauen gehabt. Aber der Anblick von Becky war einer der Besten aller Zeiten: So verdammt sexy und verrucht pfaute sie auf mich zu. Oben ohne. Perfekte Titten! Sie standen wie eine Eins. Hier wäre jeder Bleistift sofort gefallen. Ich staunte und genoss, wie sie mich auf das Bett drückte und mit einem Blowjob startete.

Der war göttlich. Becky war eine überaus attraktive und sehr erfahrene Frau. Sie lutschte genau richtig an meinem Penis. Dann hockte sie sich über mein Gesicht und mir war klar, was das bedeutete: Sie wollte, dass ich ihre Fotze lecke. Diese war nagelneu rasiert. Klitzekahl. Einfach wunderschön! Ich stieß sofort meine Zunge hinein und hörte Becky schon stöhnen. Nach ein paar Minuten meiner Zungenspiele rutschte sie einen halben Meter tiefer, über meinen Penis.

Ich holte schnell ein schwarzes Kondom hervor und gab es ihr. Sie zog es mir über. Dann nahm sie auf mir Platz. Let´s ride! Die Irin ritt Rodeo vom Feinsten. Ziemlich schnell liebte sie es. Auch ich liebte es so. Dann auf einmal kam sie. Dabei verengte sich ihre Supermuschi so geil, dass ich sofort kommen musste. Ich haute mein Zeug in den Mantel und genoss ihre und meine Kontraktionen.

„Das war geil!", rief sie und stieg von mir hinunter. „Ja, fand ich auch!", rief ich hinterher. Sie verschwand kurz im Bad. Diesen Moment nutzte ich, um die Cam zu beseitigen. Sicher ist sicher. Kurz darauf kam Becky zurück und legte sich auf meine Brust.

Wir lagen da und schwiegen. Sie wusste, sie hätte mich deutlich früher haben können. Auch ich hätte sie deutlich früher haben können, doch die Zeit mit Emma war echt schön gewesen. Außerdem: Lieber einen Spatz in der Hand als die Taube auf dem Dach! So war es am besten: Ich bekam beide. Den Spatz und die Taube. Emma und Becky. Dazu noch Pippa. 3 hot girls in 2 weeks!

Ja, schon damals war der Womanizer ein Sammelkönig. Nach einer kurzen Pause folgte die zweite Runde. Becky blies mich wieder geil, dann leckte ich sie saftig, dann fickte ich sie als Hund. Ihr Arsch war perfekt geformt und auch hinten total rasiert. Kein einziges Härchen funkelte mir entgegen. So liebe ich es!

Ich knallte ihre Pobacken heftig an. Becky genoss es und arbeitete fleißig mit. Dann kam ich. Drachenhart! Schweißgebadet ließ ich mich fallen, doch Becky war noch nicht fertig. „Ich will auch kommen", stöhnte sie verzweifelt. Gut, soll sie. Ich legte mich auf sie, 69. Und während sie meine Eier lutschte, leckte ich sie zu 2 heftigen Orgasmen.

Normal liegt bei 69 der Mann unten, aber diese Version hatte was. Kann ich jedem empfehlen, das mal auszuprobieren. Dann schliefen wir müde ein. Samstag war mein Rückflug. Erst um 16:10 Uhr allerdings. Um 12 musste ich die Pension verlassen. War klar, dass Becky und ich nochmal bumsten. Diesmal ich als Missionar. Kommen wollte ich in ihren Mund, also ließ ich sie zu Ende blasen.

Herrlich war dieser Anblick, wie sie kniend blies und wichste, bis ich mich schüttelte und ihr ihre Belohnung schenkte. Dann duschten wir, zogen uns an, ich packte meine Koffer und checkte aus. Wir aßen noch zusammen, sie fuhr mich zum Flughafen, ich flog. Das war's.

Ja, das war's. Ich hatte schön masturbiert, während ich mir das Sexvideo mit Becky angeschaut hatte. Nun musste ich mich erst mal sauber machen. Schnell erledigt dank Feuchttücher. Eine wunderschöne Erinnerung, diese Becky!

Magic Box

Ich räumte mal wieder unseren echt großen Keller sauber und stieß dabei auf eine mir nicht bekannte kleine Kiste in einer großen Kiste meiner Frau. Normalerweise öffne ich nicht fremdes Eigentum, aber schließlich ist das mein Haus, hier gehört alles mir. Diese Box hatte ich noch nie gesehen.

Ich war alleine unten und wollte wissen, was es damit auf sich hat. Die Box aber war verschlossen. Mist. Ich suchte nach dem Schlüssel. Durchkramte die ganze große Kiste, aber fand nichts. Bis ich feststellte, dass diese Box keine Schlüsselöffnung hatte. Vielleicht ein Schloss? Nein. Hm. Seltsam. Und trotzdem war die Box verschlossen.

Als alter Zauberer und Magierschüler wurde mir schnell klar, dass die Box einen unsichtbaren Öffner haben musste. Ich tastete alles ab, bis ich den tricky Mechanismus entlarvte. Und Schwupps, war das Ding offen. Ich staunte nicht schlecht: Hier waren eine Menge handschriftlicher Briefe drin. Liebesbriefe eines gewissen Timmy an meine Andrea. Skandal!

Am Datum erkannte ich, dass es vor unserer Zeit war. Glück gehabt, Timmy, sonst könntest Du jetzt Deinen Grabstein bestellen. Romantische Scheiße stand da drin. Andrea musste da 19 oder 20 gewesen sein. Ich las heraus, dass die beiden ein Paar waren. 6 Monate dauerte die Sache vom ersten verliebten Brief bis zum letzten. Dann sah ich Fotos.

Etwa 50 Stück waren es, die ich alle durchschaute. So sah meine Andrea also vor mir aus: Ihre Haare waren hellblond gebleicht. Krass. Sie hatte schon damals eine sexy Figur. Noch knackiger als heute. Aha. Und das musste also dieser Timmy sein. Aha. Kein Kommentar.

Nun ja: Nicht schlecht, muss ich zugeben. Der Marc-Terenzi-Typ. Spritzig, flott und cool, Mann. Ohrringe. Tattoos auf den Armen. Der Draufgänger. Der primitive Aufreißer. Und auf den war meine Andrea reingefallen? Junges, dummes Ding! Fotos aus dem Urlaub, aus dem Alltag. Nacktfotos! Meine Andrea oben ohne im Bett. Andrea ganz nackt auf dem Bett. Andrea mit verbundenen Augen nackt auf dem Bett!

Marc mit nacktem Oberkörper auf dem Bett. Marc nackt. Tausend Teufel, was für eine Latte! Der Kerl war ein Monster. Sicher 22 cm hatte er zu bieten. Dann Fotos, wo Andrea seinen Dong in beiden Händen hielt. Auch in den Mund durfte dieser. Ich hatte sofort einen Steifen im Keller, doch mir hier einen runterzuholen, war mir zu riskant. Ich hatte aber mein iPhone dabei und fotografierte in Rekordzeit alle Fotos einzeln ab. Und da war noch eine Camcorder-Cassette. Eine alte. Dazu hatte ich kein Abspielgerät. Aber mir war klar, dass auf dem Tape etwas Nicht-Jugendfreies sein dürfte.

Ich fotografierte das Tape ab, packte es zurück zu allem in die Box, verschloss diese und stellte sie zurück an ihren verdeckten Ursprungsplatz. Mit einem Steifen schaute ich mir am nächsten Tag in der Firma in Ruhe die Fotos noch einmal an. Sperma, also das Finale, war darauf nicht zu sehen.

Aber Andrea, wie sie den Dong bearbeitete. Mal mit ihrer linken Hand, dann mit ihrer rechten. Auch mit beiden. Mit ihrem Mund tat sie sich schwer, da der Typ nicht nur lang, sondern auch dick war. Ein oberflächlicher Blowjob war es, Deep Throat sicher nicht möglich für meine Frau. Ich musste mehr wissen!

Mittags ging ich in den Saturn und zeigte dem Techniker das Foto der abfotografierten Camcorder-Cassette. Schnell hatte er ein Transformationsgerät parat. „Hier legen Sie das Tape ein, dann überträgt es die Aufnahme auf Ihren Laptop." Gekauft. Am Abend stibitzte ich mich unter einem plausiblen Vorwand in den Keller, um mir das Tape zu leihen.

Tags darauf ließ ich es einlaufen in meinen Laptop, am Abend verstaute ich es wieder unauffällig in Andreas geheimer Kiste in Andreas großer Kiste. Doch was war auf dem Tape zu sehen? Zuerst nichts Bedeutendes: Urlaubsmomente. Urlaub irgendwo am Meer. Schwimmen. Lachen. Küssen in Bikini und Badehose. Dann aber:

Im Hotelzimmer ging es ab. Der Long-Schwanz-Timmy filmte von oben, stehend, wie Andrea, kniend, ihm einen blies. Sein Dong sah aus seiner Augenperspektive mächtig lang aus. Andrea gab sich große Mühe, die Lanze detailgerecht zu befriedigen.

Aber mehr als ein Drittel davon bekam sie nicht in ihren Mund. Es reichte aber locker, um Timmy zum Kommen zu bringen. Zuerst wurde es wackelig, die Kameraführung, und ich wusste, gleich geschieht etwas. Dann stöhnte er laut auf. Und plötzlich tropfte das Sperma aus ihm heraus. Nicht viel Sperma, aber sie hatte ihn soeben definitiv zum Höhepunkt gebracht. Schlucken musste sie nicht, es war nicht viel genug. Cut. Ein weiterer Videomoment startete. In der Badewanne. Sie filmte ihn liegend. Sie sprachen. Uninteressant. Dann wieder Sex. Schon wieder filmte Timmy. Er lag und Andrea ritt auf ihm. Mutig, bei der Lanze. Sie passte aber auf, dass er nicht zu tief eindrang. Das hätte ihre Gebärmutter sicher schwer verletzt. Vorsichtig ritt sie auf ihm. Sie hatte damals ein kleines Schamhaardreieck stehen. Niedlich. Er durfte in ihr kommen, ich erkannte ein Kondom. Gut. Neues Video. Ein Handjob. Nur 1 Minute lang. Das entscheidende Ende halt. Der Abschuss. Er liegend, Andrea sitzend zwischen seinen Legs. Er filmend. Er kommend. Er stöhnend. Sie grinsend. Sie sehr schnell wichsend. Beidhändig. Das war auch notwendig, um diesem Frankenstein-Dong gerecht zu werden. Band-Ende. Schade. Aber trotzdem geil.

Ich hatte eine neue Seite meiner Frau kennengelernt. Eine Jugendsünde von ihr. Eine Liebschaft, von der sie mir nie erzählt hatte. Timmy, der Monster-Dong. Ich schätze mal, das war gleichzeitig auch ihr Längster. Andrea liebt meine 15 cm über alles. „Genau richtig", sagt sie bis heute. Immer mal wieder schaue ich mir heimlich die junge Andrea an, wie sie Timmys Prügel befriedigt. Einfach. Nur. Geil.

Nuttig vs. Tinder

Agnes war wunderschöne 23 Jahre jung. Was ich nicht wusste: Sie arbeitete als Nutte. Ich lernte sie im schönen Münchener „Englischen Garten" kennen, in dem ich in meinen Mittagspausen gerne relaxte. Ich saß auf der braunen Bank und genoss einfach mal für ein paar Minuten das herrliche Wetter. Da kam eine hübsche, braunhaarige Frau auf mich zu. „Darf ich mich auch setzen?" Ihr französischer Akzent verführte mich auf der Stelle. Ganz Gentleman rückte ich etwas zur Seite und machte Platz für die Frau, die sich als Agnes vorstellte. Aber nicht mir, sondern jemandem am Telefon: „Hi, ich bin´s, die Agnes", hörte ich sie sagen. Vertieft war sie in ihr Gespräch, so nutzte ich die Gunst der Stunde, um sie zu mustern.

Ihr kleiner Hund zu ihren Füßen störte mich überhaupt nicht. Er war friedlich und brav. Agnes hatte schulterlange Haare, einen modernen Querschnitt. Sie war null geschminkt, ganz natürlich. Was hatte sie an? Ein sommerliches Kleid, sehr kurz geschnitten. Fast bis zum Becken hoch. Ihre Beine waren schön und gut gepflegt. Ihre Brüste zeigten sich. Ja, sie wusste, dass sie gut aussah.

Auch Posen hatte sie drauf. Von der einen in die andere. Ihre große Sonnenbrille verdeckte ihre Augen. Ihre Lippen waren rot, tief rot. Genauso wie ihre Finger- und Zehennägel. Sexy! Ich wartete ab. Das Spiel mit dem Telefon konnte ich auch. Ich rief meinen Kollegen Jeff an. Sprach 3 Minuten mit ihm und erteilte ihm einen Auftrag, ließ den Firmenboss raushängen, um Eindruck zu schinden.

Tatsächlich: Als ich fertig war, war auch sie fertig. Sie schaute rüber und musterte mich. „Pause?" „Ja, gleich geht´s zurück ins Office. Und Sie?" „Ich habe heute frei", lächelte sie. „Herzlichen Glückwunsch", gratulierte ich ihr, „hätte ich auch jetzt gern." „Das glaube ich Ihnen. Was arbeiten Sie denn?"

Ich erzählte ihr meinen beruflichen Werdegang in Kurzform. Gefiel ihr. Anerkennend meinte sie: „Also ein Mann von Welt. Sind Sie öfter hier?" „Ja, gerne in der Mittagspause, wenn das Wetter gut ist. Ist ja ein herrliches Fleckchen Erde hier."

„Wem sagen Sie das", nickte sie, „na, dann vielleicht bis morgen." Sie stand auf und kokettierte süß davon. Dies empfand ich als klare Botschaft und Einladung, also gesellte ich mich tags darauf um dieselbe Zeit an denselben Platz. And there she was: Glücklich nichts tuend saß Agnes da und genoss den Tag. „Darf ich mich auch setzen?", startete ich den Flirt. Ganz Lady rückte sie etwas zur Seite und machte nun Platz für mich. Ihr kleiner Hund zu ihren Füßen störte mich überhaupt nicht. Er war friedlich und brav. Agnes hatte immer noch schulterlange Haare, einen modernen Querschnitt. Sie war null geschminkt, ganz natürlich.

Was hatte sie an? Ein buntes sommerliches Kleid, sehr kurz geschnitten. Fast bis zum Becken hoch. Ihre Beine waren schön und gut gepflegt. Ihre Brüste zeigten sich. Ja, sie wusste, dass sie gut aussah. Ihre große Sonnenbrille verdeckte ihre Augen. Ihre Lippen waren rot, tief rot. Genauso wie ihre Finger- und Zehennägel. Sexy! Ich fragte sie, wie es ihr geht, sie meinte: „Gut, an einem freien Tag geht es mir immer gut."

„Sie scheinen aber oft frei zu haben", mobbte ich sie ein wenig. „Tagsüber ja, ich arbeite dafür abends und nachts. In einer schicken Bar. Ich schlafe dann immer aus bis um 11, dann genieße ich meinen Tag. Um 17 Uhr starte ich dann mit der Arbeit." Genaueres verriet sie aber nicht. Ich dachte mir nichts Krasses dabei. In München gibt es viele Schicki-Micki-Bars, da konnte ich sie mir prima drin vorstellen.

Wir verstanden uns gut. Trafen uns täglich mittags und plauderten nette 10 bis 20 Minuten, ehe ich wieder zurück ins Büro musste. Ich hätte sie gerne gedatet, aber wann? Sie arbeitete ja abends und nachts. Ich fragte sie, in welcher Bar, um sie mal spätabends auf einen guten Drink zu besuchen, aber sie rückte nicht so recht raus.

Da sie aber in 3 Tagen Urlaub hatte, dann sogar 14 Tage lang, schlug ich ihr ein Date für den kommenden Montag vor, ihren ersten Urlaubstag. Wir vereinbarten ein Treff an der Isar zum gemeinsamen Baden und Platschen ab 15:30 Uhr. Sie kam pünktlich und freute sich sehr, mich zu sehen. Ihr Hündchen Lilly war mit von der Partie. Ganz brav. Ganz lieb. Ganz zahm. Agnes kam wieder in einem schönen, kurzen Sommerkleid.

Doch zum Baden hatte sie etwas noch Schöneres drunter: einen sexy Bikini! Als sie das Kleid lasziv abstreifte, schaute die ganze Männerherde an der Isar herüber. Agnes genoss das Schauspiel und inszenierte sich. Zum Vorschein kamen ein knallroter Bikini und ein knallrotes Stringhöschen. Wenig String, viel Po. Geil! Sie wog etwa 50 kg auf 1,70 m. Agnes war optisch genau mein Ding. Nicht nur meines. Sie war das Ding aller Männer hier! Alle glotzten sich die Augen aus dem Kopf.

Doch sie gehörte mir! Mir alleine! Wir sonnten uns und plauderten über uns. Ich erzählte Agnes über mein Privatleben, meine Auszeit mit meiner Ehefrau Andrea und über meine 2 Kids. Diese Story des armen Ehemannes, so stellte ich fest, zog gut bei Frauen. Und die des erfolgreichen Geschäftsmannes sowieso. Agnes erzählte mir auch ein wenig über sich:

Sie hatte eine französische Mutter und einen deutschen Vater. Wurde in Frankreich geboren und kam mit 6 nach Germany. 2 Geschwister, mit denen sie keinen Kontakt mehr habe. Armes Ding. Dann ging es ins Wasser. Das Wasser der Isar ist wunderschön, wir plantschten wie kleine Kinder und spritzten uns nass. Gegen 18 Uhr klingelte mein Magen: Hunger!

Sie hatte auch welchen, also vereinbarten wir ein spontanes Abendessen. Ich kannte einen Italiener ums Eck. Der kostete gut, denn Agnes hatte exquisite Wünsche. Nicht nur der Wein war teuer. Sie war teuer, das Teufelsweib. 200 Euro kostete mich der Abend. Ja, da war Andrea viel bescheidener. Aber da ich nun diese Agnes haben wollte, zahlte ich natürlich.

Der Abend nahm den erwünschten Lauf: Sie kam mit zu mir in meine vorübergehende Mietwohnung. Doch mehr ging nicht. Sex am ersten Abend blockte sie ab. Nicht einmal küssen durfte ich sie. Sie machte mir klar, dass sie nur an ernsteren Sachen interessiert sei und dass ich ihr das erstmal beweisen müsse. Gut, ich hatte Zeit.

Also quatschten wir, bis sie um kurz nach 23 Uhr ging. Dafür verabredeten wir uns für morgen wieder am Fluss. Auch dieser Nachmittag war ein schöner. Agnes geizte wieder nicht mit Reizen. Und alle umstehenden Männerherzen schlugen lauter. Auch meines. Diesmal durfte ich ihren Rücken eincremen. Sie flirtete sogar ein wenig mit mir.

Würde am Abend dann endlich mehr gehen? Nein, auch diesmal nicht. Erneut blockte sie ab und meinte: „Für sowas bin ich nicht zu haben. Ich bin nur an etwas Ernstem interessiert. Zeige mir, dass Du es ernst meinst." Ich zeigte es, indem ich mich zurückhielt. So ging das weiter. Wir verstanden uns immer besser und verbrachten viel Freizeit miteinander. Doch ran ließ sie mich nicht. Also hielt ich meine Augen auch für Anderes offen. Tinder ist etwas Geiles! Tinder (Zunder) ist eine mobile Dating-App, die das Kennenlernen von Menschen in der näheren Umgebung erleichtert. Sie wird zur Anbahnung von Flirts sowie zur Verabredung von unverbindlichem Sex verwendet.

Die App benutzt ein Swipe-System, bei dem Nutzer die Profilfotos und -infos von anderen Nutzern in ihrer Nähe ansehen. Gefällt dem User eine bestimmte Person, dann wischt er das Bild nach rechts. Gefällt sie ihm nicht, nach links. Wenn beide Nutzer ihre Fotos nach rechts gewischt haben, entsteht ein Match und man kann mit dieser Person kommunizieren.

Tinder hatte ich nie gebraucht, wäre auch schwierig gewesen neben Andrea, wenn die das auf meinem Handy gesehen hätte. Nun aber, wo alles anders war, dachte ich: Warum nicht?! Ich lud mir das Teil drauf und schaute, was so geht. Eine der ersten Matches war Janka, die mir klar kommunizierte: „Ich will mit Dir ficken." Sie war laut Chat-Angaben 28 Jahre alt und sah normal aus. Ein Bridget-Jones-Verschnitt.

Wir verabredeten uns für den Abend in einer Bar, um uns zu beschnuppern. Als sie kam, erkannte ich sie kaum: Sie war mehr Bridget Jones, als mir lieb war. 15 kg mehr als vom Foto ableitbar. Ein wenig pummelig, ja. Nicht dick. So mittendrin. Auf jeden Fall ein paar Pfunde zu viel. Ich gab mich trotzdem galant und konnte mir Sex mit ihr dennoch vorstellen. Wir unterhielten uns nett, aber oberflächlich bei einem Cocktail, bis sie die entscheidende Frage stellte: „Kommst Du mit zu mir?"

Sie wohnte 10 Fußminuten weg von der Bar, also kein Problem. Wir schlenderten wie kein Paar die Straße entlang und sie führte mich in ihre schicke Wohnung. „Bevor wir starten, lass uns die Regeln definieren", sagte sie: „Ich bin offen für alles, bis auf Anal. Fesseln gerne. Generell nur mit Gummi beim Verkehr. „Dann passt ja alles", nickte ich.

„Mit Küssen oder ohne?", fragte ich. „Mit natürlich", lachte sie. „Ist das Dein erstes Mal?" „Nein, das ist nicht mein erstes Mal, aber mein erstes Mal Tinder", lachte ich zurück. Ich erfuhr, dass sie schon seit 2 Jahren regelmäßig ihre Dates über Tinder generiert und Single war. Sie dunkelte das Schlafzimmer ein wenig ab, dann zog sie sich aus und sprang ins Bett. Erstaunlich, es hielt! Es krachte nicht zusammen. Gutes Bett. Ich folgte. „Ich werde gerne dominiert", flüsterte sie mir zu. „Du darfst mich auch fesseln, hier drüben im Schrank ist einiges an Equipment." Ich wurde neugierig und schaute nach. Und tatsächlich: Diese Frau war eine Fessel-Expertin! Peitschen waren da, Knebel, Stricke und anderes Zeug.

Sie wollte unbedingt, dass ich es mal bei ihr ausprobiere. Ich fesselte sie an Händen und Füßen und verschnürte sie solange, bis sie bewegungsunfähig war. „Und jetzt, fick mich", befahl sie. Mein Schwanz war noch klein, denn weder ihr Körper noch das Fesseln hatte mich stark angeregt.

Ich griff zu und knetete ihn hart. „Kondome sind hier", deutete sie zur Schublade links. Ich streifte mir eines über und drang vorsichtig in sie ein. Sie lag da wie ein Paket, gefesselt und wehrlos. Ich hätte sie jetzt brutal vergewaltigen und schinden können, aber das ist nicht meine Vorstellung von geilem Sex. Naja, geiler Sex war es auch nicht, den ich mit ihr hatte.

Ich hatte noch nie eine so verschnürte Frau gefickt, und es war auch nicht mein Ding. Während sie meine Dominanz genoss, fickte ich halt. Lust auf Stellungswechsel hatte ich nicht. War ja auch nicht möglich, so unbeweglich wie sie war. Nach 15 Minuten hatte ich es endlich geschafft und erlöste mich mit dem Cum. Danach entknotete ich sie. Sie war befriedigt, mehr wollte sie nicht.

Wir zogen uns an, ich sagte Danke und ging. Seltsam war das! Ich wollte nichts mehr mit dieser komischen Frau zu tun haben. Umso mehr überraschte ich mich selbst, als ich ihr zusagte, als sie mich 2 Tage später erneut anfragte. Vielleicht war es die Neugierde, da sie meinte: „Diesmal fessle ich Dich." Sie hatte ihre Toys bereits auf dem Bett platziert. Während andere Frauen schöne Toys haben, den Womanizer, den Rabbit oder andere Vibratoren, waren Jankas Toys Spitze und Peitsche.

Krank, oder? Ich sollte mich nackt aufs Bett legen. „Magst Du es auch hart?" „Wie meinst Du das?" „Auspeitschen, schlagen, Kerzenwachs." „Nein, bitte nicht", flehte ich sie an.

„Von mir aus gerne mal fesseln, dann mich reiten oder mir einen blasen, aber nicht mehr." „Na gut", schaute Janka etwas enttäuscht und startete ihre Kunst. 10 Minuten später war ich wie der Fisch an der Angel: so hilflos. Es gefiel mir nicht, einer Frau ausgeliefert zu sein. Vor allem einer wie ihr.

Sie könnte mich eiskalt abschlachten, meinen Leichnam zerstückeln und in einen tiefen See versenken, schoss mir durch den Kopf. Aber es war Gott sei Dank nur halb so wild. Als das Paket fertig war, blies sie mich steif, dann hockte sie mit ihren sicher 85 kg auf mich drauf. Fühlten sich an wie 150 Unzen. Schwer. Es war seltsam, so gefickt zu werden.

Ich bekam wenig Luft, zum einen, weil ich ja gefesselt war, zum anderen, weil sie massiv war. Sie ritt sich glücklich, bis sie kam. Mein Orgasmus allerdings war noch weit entfernt, weit entfernt. „Magst Du es mit dem Mund zum Schluss?", fragte sie mich. „Ja, bitte", keuchte ich. Endlich wurde ich leichter. Eine Last fiel von mir ab.

Doch anstatt sich neben mich zu knien oder zwischen meine Beine, legte sie sich quer über meinen Oberkörper, um sich so meinem Penis zu widmen. Schon wieder hatte ich das Gefühl, ein Elefant stünde auf meiner Brust. Gleichzeitig spürte ich ihren nassen Mund an meinem Dong. Sie blies ganz okay, mehr nicht. Irgendwann musste ich kommen. Geschafft. Glücklicherweise war sie fair genug, um mich wieder zu entknoten.

Ich küsste ihr imaginär die Füße dafür. Ich wollte nur noch weg und tat dies auch. Auf weitere Nachrichten von ihr meldete ich mich nicht mehr. Zurück zu Agnes. 3 Wochen ging das nun schon mit ihr, und noch immer durfte ich nicht ran. Ein bisschen Knutschen ließ sie zu, aber kein Petting oder mehr.

Nackt hatte ich sie immer noch nicht gesehen, nur in Bikini oder Unterwäsche. Und ihr Körper war ein Traumkörper. Ich hätte gerne mehr davon gehabt. Durch Zufall erfuhr ich, wer sie wirklich war. Ich bin ja kein neugieriger Mensch, aber wenn ein Handy neben mir liegt und auf dem Bildschirm eine neue Nachricht reinkommt, schaue ich auch schon mal drauf.

Ist natürlich, ist menschlich. Sie war bei mir und wir schauten fern. Ich hielt sie im Arm. In einer Werbepause ging sie auf Toilette. Sie musste wohl groß. Dauerte etwas. Plötzlich vibrierte ihr Handy. Es lag auf dem Tisch. Ich blickte kurz drauf und erschrak. Da stand: „Dein nächster Einsatz ist wieder im Caesars World am Stahlgruberring. Du startest übermorgen." Konnte nur bedeuten: Sie war eine Nutte. Ich kenne dieses Etablissement gut, war schon oft dort, ist ein schickes Münchener Laufhaus in Riem. Mir schoss es ins Gedärm. War ich auf eine Hure reingefallen? War ich etwa ihr Sugardaddy? Sie war teuer. Ich zahlte jedes Speisen und schenkte ihr sogar Schmuck, nachdem sie mir erzählte, dass ihr Ring gestohlen wurde. Das alles, weil ich sie rumbekommen wollte. Nahm sie mich aus? Eine klare Gegenleistung von ihr hatte ich bis dato noch nicht bekommen. Ich wurde innerlich wütend. Mit anderen Männern schläft sie einfach so, und mich lässt sie 3 Wochen zappeln. Frechheit!

Sie kam zurück. Ich tat so, als ob nichts wäre. 2 Tage später fasste ich einen Entschluss. Ich musste das mit ihr beenden. Ich bin doch keine Geldmaschine, die gibt, aber nichts bekommt. Verarschen lasse ich mich nicht, ich nicht! Ich wusste, wann sie wo sein würde auf Arbeit. Also besuchte ich sie als Freier im Caesars World. Im zweiten Stock fand ich sie. Als sie mich sah, wirkte sie sichtlich geschockt. Eine Fluchtmöglichkeit hatte sie nicht. Sie musste sich mir stellen.

Ich schritt die paar Meter auf sie zu: „Was machst Du denn hier?", fragte sie mich unwohl. „Ich wollte mal sehen, wie die Arbeit in der Bar so ist", konterte ich. „Sorry, aber was hätte ich denn sagen sollen?" „Die Wahrheit vielleicht?", antwortete ich. „Ist schon eine Frechheit, dass Du mich hinhältst, während Du Dich hier von sämtlichen Männern durchficken lässt."

Eine ungute Situation. Ich war sehr wütend, durfte aber natürlich auch nicht auffällig werden, denn die Rausschmeißer und die Security in solchen Etablissements sind als sehr brutal verschrien. Und Ärger wollte ich mir mit denen nicht einhandeln, mit denen nicht. Die ersten Nutten-Kolleginnen schauten schon komisch, selbst der eine oder andere Freier-Kollege von mir bekam unseren lauten Zwist mit.

„Komm rein", zog sie mich in ihr Zimmer und schloss hektisch ab. „Lass uns das bitte privat klären, nicht hier", flehte sie mich an. „Nichts da", rief ich, „Du hast mich belogen, ausgenutzt und hintergangen. Bin ich etwa Dein Sugardaddy oder der Geldgeber, oder was? Was soll der Scheiß?! Mich belügen und nebenher als Nutte, als Prosti arbeiten, eine Sauerei ist das!" Agnes war das sehr peinlich. „Ich habe echte Gefühle für Dich, das musst Du mir glauben. Ich konnte es Dir nicht sagen, ich wollte es aber ganz bald." „Klar, und mein Name ist Hase", schimpfte ich weiter. „Ich wollte und will echt eine Beziehung mit Dir aufbauen, da brauche ich halt etwas Zeit."

„Die Beziehung kannst Du Dir knicken, ich will nicht mehr. Eine Beziehung auf Lügen aufzubauen ist das Allerletzte. Aus! Vorbei!" Die Kleine hielt sich den Kopf und drückte ein paar Tränen heraus. „Du bist mir etwas schuldig, allein für den teuren Schmuck", machte ich weiter. „Und für die Lügen, für die Zeit. Das kannst Du alles nicht mehr gutmachen.

Aber Du kannst zumindest fair sein." Mit diesen Worten zog ich meine Hose aus und auch meine Unterhose. Ich warf ihr einen Fuffi aufs Bett: „Los, das bist Du mir jetzt schuldig." Sie verstand. „Und gib Dir gefälligst Mühe, so wie bei jedem anderen Kunden auch. Ich zahle schließlich dafür." Wie eine verprügelte Maus zog sie sich aus und sah zu, wie ich mich aufs Bett legte. „Blas mir einen, dann reite." Sie gehorchte. Mit Tränen in den Augen zog sie mir ein Kondom über und blies ihn hart.

Gut machte sie es. Aber die Befriedigung der Demütigung war größer. Dann hockte sie sich auf mich und ritt. Dabei fixierte sie mich mit ihren großen Rehaugen, doch das zog bei mir nicht. Mitleid kenne ich nicht, wenn es bereits verspielt ist.

Agnes fickte gut auf mir, bis ich kam. Ich genoss meinen Orgasmus und hatte sie gut bestraft. Ich zog mich an und ging. Das war's mit Agnes. So gerne hätte ich die Kleine noch einmal oder mehrere Male besucht und zum Sex genötigt, aber ich wollte wie gesagt Ärger mit den Schlägern vermeiden. Man weiß ja nie.

Big Sister

Ich bin ja kein Einzelkind. Habe Bruder und Schwester. Liebe beide über alles. Habe viel und sehr engen Kontakt mit ihnen und ihren Familien. Mein Bruder lebt leider über 650 km weit weg von mir. Ich sehe ihn maximal dreimal jährlich. Wir telefonieren aber viel. Er ist auch einer meiner allerbesten Freunde. Meine Schwester ist mittlerweile zweifache Mutter und wohnt bei Augsburg. Etwa 1 Stunde von uns. Sie sehe ich öfter. Sie hat einen netten Mann gefunden, Zahnarzt, bei dem ich auch Kunde bin, wenn es sein muss. 2 Kids, die gerade dabei sind, in die Pubertät zu kommen. Schwierig.

Meine ältere Sister ist eine sehr attraktive Frau. 3 Jahre älter als ich, also jetzt Mitte 40. Sie ist Rechtsanwältin geworden und verdient einen Haufen Asche. Genauso wie ihr Mann. Sie leben in Wohlstand. Mit meiner Schwester verbindet mich etwas Besonderes und Exklusives: ein Handjob. Genau genommen mehrere Handjobs.

Nein, wir reden hier nicht von Inzucht oder Perversion. Es ist etwas ganz Natürliches, dass Geschwister in der frühen Pubertät auch mal schauen, was der andere so hat oder Hilfestellung geben, vor allem dann, wenn es verschiedengeschlechtliche Geschwister sind. Ich war damals 10, als ich mit der Masturbation startete. Da hatte ich meine ersten Ergüsse.

Schon bald ging es dann mit meinem ernsthaften Interesse für Mädels los. Mit 14 Jahren startete ich dann mit Raliza. Meine Schwester war auch früh dran, sie wurde schnell vom Mädchen zur Frau. Ich bekam mit, wie sich ihre Brüste entwickelten, wie sie ihre Periode bekam, wie sie Schamhaare trug, diese dann rasierte, wie sie ihre ersten Freunde hatte. Sie war nie verschämt mir gegenüber, ich sah sie oft nackt.

Als ich Raliza hatte, gab sie mir einige Tipps auf den Weg, was wichtig sei, um ein Mädchen glücklich zu machen. Sie ist bis heute eine sehr enge Freundin und Vertrauensperson für mich. Nach Raliza war ich auf den Geschmack gekommen und sammelte weitere Mädels für Sex und Erfahrung. Ich war 15 und masturbierte mal wieder abends in meinem Zimmer.

Als plötzlich die Tür aufklappte und meine geliebte Schwester mich mit großen Augen anstarrte. Hatte ich Depp doch tatsächlich diesmal vergessen abzuschließen. Mann, war mir das peinlich! Sie hatte mich erwischt, ertappt.

Nackt hatte sie mich genauso oft und schamlos gesehen wie ich sie. Aber beim Masturbieren ist das halt dann doch etwas anderes. Ich hatte die „Bravo" in der einen Hand, meinen Schwanz in der anderen. Ich wichste zu Pamela Anderson, die nackt zu sehen war. Eines meiner damaligen Lieblingsmotive. Vor allem ihre blonden Schamhaare törnten mich an.

Meine Schwester reagierte so geistesgegenwärtig und sie schloss sofort die Tür. Aber mit sich in meinem Zimmer. Ich hielt meinen Dick immer noch in meiner Hand, war wie gelähmt. Von der Logik her hätte ich mir sofort die Decke drübergezogen, aber das konnte ich einfach nicht. „Soso", grinste sie mich an, „Du holst Dir also gerade einen runter."

„Nein, ich putze nur meinen Pimmel. Wie schnell, ist meine Sache", konterte ich in Anlehnung an den bekannten Gefreitenwitz. Nun endlich konnte ich mich wieder regen und zog schnell die Decke über mein erigiertes Glied. „Ach komm, Du muss ihn doch nicht verstecken vor mir, ich weiß doch, wie er aussieht", lächelte sie mich an.

Sie setzte sich zu mir aufs Bett. „Zeig mal", nahm sie mir das Heft aus der Hand. „Aha, Pam Anderson", nickte sie, „die gefällt Dir also." Ich nickte stumm. „Und was machen wir jetzt?", fragte sie in die Runde. „Magst Du das nicht beenden, was Du begonnen hast?" „Schon, aber alleine. Nicht mit Dir im Zimmer."

„Warum denn nicht?" Ich überlegte. „Na, weil Du meine ältere Schwester bist." „Na und? Gerade deswegen kannst Du es auch vor mir machen. Ich kenne Dich in- und auswendig. Ich bin Deine Schwester. Ich will Dir nichts Böses.

Komm schon, mach es zu Ende, lass mich zuschauen. Es bleibt unser Geheimnis." Sie sagte es so süß und vertrauensvoll, dass ich es tatsächlich tat. Ich legte die Decke beiseite und ergriff wieder meinen Penis. Er war immer noch steinhart. Ich begann weiterzuwichsen. Schaute immer wieder in die „Bravo", aber auch zu meiner Schwester, die sehr neugierig zusah.

Sie hatte sexuell schon deutlich mehr Erfahrung als ich, war ja auch 3 Jahre älter als ich. 18 Lenze war sie frisch geworden. Hatte schon einige Typen im Bett gehabt. Manche davon mochte ich, andere nicht.

Ich wichste weiter zu Pam. Aber auch der Anblick meiner Schwester gefiel mir. Sie saß ja direkt neben mir. Sie war vom Typ Erika Eleniak. Blond und hübsch, genau wie Pam. Ihre nackten Beine waren direkt neben mir, sie hatte eine sehr kurze Jeanshose an. Ich sah fast ihre vollständigen Oberschenkel.

Ihre schöne Hand lag direkt neben mir. Rot lackierte Fingernägel sah ich. Auch die Wölbung ihrer Brüste durch das hautenge rote Shirt, das sie trug. Steife Nippel. Letztens Endes kam ich zu ihr, nicht zu Pamela. Ich spritzte gut ab und stöhnte leise, wie immer, wenn ich es zuhause in meinem Zimmer tat. Es war ein kräftiger Orgasmus.

Ich säuberte mich mit den vorbereiteten Feuchttüchern, dann blickte ich meine Schwester an: „Das bleibt bitte wirklich unter uns, ja?" „Na logo", versicherte sie mir. Sie küsste mich schwesterlich auf die Backe und ging. Ich hatte mir soeben vor meiner Sister einen runtergeholt. Sehr seltsam, aber irgendwie hatte es mich auch motiviert.

Gute 2 Wochen später stand unser Urlaub an. Wir reisten nach Griechenland. Papa und Mama nahmen sich ein Doppelzimmer. Mein Bruder, meine Schwester und ich teilten uns ein großes Zimmer mit 3 Betten. Es war ein mega Urlaub, der uns 3 Geschwister noch enger aneinander brachte. Wir sahen uns täglich nackt beim Duschen oder zum Schlafengehen, alles kein Problem.

Doch ich schaute meine Schwester natürlich jetzt etwas anders an. Ich wollte sexuell nichts von ihr, aber ich nahm ihre weiblichen Reize deutlich bewusster wahr als vorher. Sie hatte einen wunderschönen Körper, der zur Frau wurde. Schöne, feste Brüste, eine blank rasierte Muschi. Was für ein Po!

Ich war stolz auf sie. Zurück zuhause klopfte es eines Abends wieder an meine Zimmertür. „Herein." Es war meine ältere Schwester. Sie trat ein und schloss direkt hinter sich ab. Es war bereits spät, ich spielte noch Super Mario. Unsere Eltern schliefen schon. Unser Bruder auch.

„Was gibt's?", fragte ich meine Schwester. „Wenn Du magst, bekommst Du von mir ein Geschenk", leuchteten ihre Augen. Ich wurde gierig. „Geschenke mag ich immer. Was für eines hast Du für mich?" „Wenn Du magst, hole ich Dir einen runter." Ich verstummte. Nicht vor Schreck. Na gut, auch. Aber hauptsächlich, weil dieses Angebot ein sehr verlockendes war. Ich überlegte: „Wie meinst Du das genau?" „Na, ich lege mal Hand an bei Dir, und Du genießt. Ich weiß genau, wie das geht. Hab es schon vielen Jungs gemacht. Denen hat es allen sehr gefallen." Ja, so schätzte ich sie auch ein. Jeder Typ hatte ein Ass gezogen, wenn er sie ins Bett bekam.

Ich starrte sie an. Sie war sehr sexy gekleidet. Kurze Hose bis direkt unter den Po, enges Top. Lackierte Fingernägel. Sie wollte ihrem Bruder eine kleine Freude machen. Das konnte ich ihr ja nicht verbieten. Also ließ ich mich auf dieses gewagte Experiment ein.

Ich zog meine Hose runter und legte mich auf mein Bett. Schon saß sie neben mir und griff zu. Direkt den Penis. Und dieser reagierte sofort. Schnell war er steif wie von anderen der Krückstock. Sie lächelte mich an und startete ihre Handarbeit. Ich, der 15-jährige Womanizer, bekam nun einen Handjob von meiner 18-jährigen, bildhübschen Schwester.

Sie konnte das verdammt gut! Es dauerte nicht einmal 2 Minuten, bis ich abspritzte. Ich kam wie immer stark und viel. Mein Sperma schoss hinaus und sudelte mich voll. Sie grinste. „Junge, Junge, Du schießt aber heftig ab", lobte sie mich. Wir reinigten uns und taten so, als sei nichts passiert.

Ein paar Tage später stand sie wieder spät abends bei mir im Zimmer. Und bot an, dasselbe zu wiederholen. „Machst Du das auch bei unserem Bruder?", wollte ich wissen. „Nein, ich glaube, er ist nicht so offen wir Du dafür. Obwohl, er könnte es brauchen." Recht hatte sie. Unser Bruder war nicht so extrovertiert wie ich. Er war ein Spätzünder und hatte vielleicht gerade mal 15 Frauen im Bett bis heute. Arme Sau.

Da ihr erster Handjob geil gewesen war, willigte ich einem zweiten ein. Die Tür war verschlossen. Ich zog die Jeans aus und machte es mir auf dem Bett gemütlich. Meine Sis zog diesmal ihr Shirt aus und zeigte mir ihre wunderschönen Brüste.

„Aber nicht anfassen, das wäre etwas zu viel", warnte sie mich, dann griff sie zu und startete ihre Wichsarbeit. Ich starrte ihre Traumbrüste an, da kam ich auch schon. Meine Schwester hatte den Dreh raus. Es waren vielleicht 2 oder höchstens 3 Minuten, ehe ich mein Sperma verschüttete. Sie wichste brav weiter, bis ich alle war. Diesmal befanden sich die feuchten Feuchttücher schon griffbereit und wir wischten uns ab.

Ich hatte bereits längst die nächsten Mädels am Start, doch die exquisiten Handjobs meiner Schwester störten mich überhaupt nicht. Sie waren nicht oft, aber wenn dann, dann geil. Auch meine Sister hatte schon wieder den einen und den anderen Stecher am Start. Aber ihr machte es sichtlich Spaß, ihrem kleinen Bruder ein Geschenk zu schenken.

Ich wurde etwas krass und fragte sie mal, ob sie mir auch eine blasen könnte. Doch das lehnte sie ab. „Hey, Du bist mein Bruder, nicht mein Freund." Recht hatte sie ja. Aber ein Handjob war ja etwas anderes. Etwa 10 waren es, die ich von ihr bekam, dann schloss sie dieses Kapitel, wohl, weil ich nun ständig mit verschiedenen Mädels rummachte und echt gut versorgt war.

Wir sprachen nie wieder darüber. Ihr allerbester Handjob war ihr letzter. Da stieg sie komplett nackt zu mir ins Bett und kniete sich über mein Gesicht, in 69, dass ich alles ganz nah und genau sehen konnte. Aber sie blieb weiter oben, dass ich sie nicht lecken konnte. „Anfassen verboten. Schauen erlaubt", sagte sie.

Da kam ich brutal. Bis heute liebe ich meine Schwester über alles und danke ihr für das, was sie mir damals geschenkt hat: Erfahrung und schöne, besondere Momente. Love you, my big sister!

Erotische Massagen

Ich machte mich nach der Arbeit mal wieder auf in die mir bekannte Gegend um die Schillerstraße, wo diverse Erotikmassageangebote zu finden sind. Dort bin ich öfter zu Gast, für das schöne Vergnügen zwischendurch. Die Mädels wurden mir vorgestellt: Am besten gefiel mir Gloria. Ich entschied mich für sie. Da Dajana ihren ersten Arbeitstag hatte und eingelernt wurde, wurde mir eine Duomassage angeboten. 2 Ladies zum Preis von einer.

Da sage ich niemals Nein! Ich duschte mich frisch, legte mich rücklings auf die Matratze und wartete auf die Girls. Gloria und Dajana kamen zusammen ins Zimmer. Gloria jung und süß, gerade mal 21 Lenze laut Aussage, Dajana etwas älter, so Mitte 30, aber auch ganz hübsch. So der sexy Hausfrauentyp. Gloria mehr das Teenieluder.

Ich beobachtete beide beim sich Ausziehen. Erstaunlicherweise hatte Dajana den schöneren Körper. Die Gloria war schlank und niedlich, aber ihre Haut war etwas zerschunden. Sie hatte die eine und die andere größere Narbe am Körper, keine Ahnung woher. Das hatte ich vorher im bekleideten Zustand nicht gesehen. Tricky. Dafür war sie sehr schlank, vielleicht 48 kg auf 1,65 m. Dajana war für eine Anfang 30erin gut in Form. Beide trugen blanko unten.

Ich hatte 45 Minuten gebucht, also wurde es nun Zeit zu genießen. Ich entspannte, während ich 4 Hände an meinem Body spürte. Bei 45 Minuten möchte ich immer zweimal kommen, das hatte ich den Ladies auch sofort mitgeteilt. „Einmal schnell, dann mehr Relaxmassage, am Schluss nochmal." Da Gloria die erfahrenere Sexworkerin war, durfte sie starten.

Schnell spielte sie mit ihren kleinen Hands meinen großen Dick steif. Dajana streichelte derweil meine Brust, meinen Hals und meinen Bauch. Gloria aber erkannte, dass mir die Zeit davon lief, also gab sie Gas. Ihre zierliche Hand sauste schon ganz schön schnell rauf und runter. Ich betrachtete sie dabei. Ihr schien es sogar Spaß zu machen. Nach ein paar Minuten spritzte ich das erste Mal ab.

Ich bin ja ein sehr dynamischer Spritzer, und meine Ladung überraschte Gloria schon ein wenig. Hoch hinaus flog mein helles Sperma, und mein Penis zuckte in ihrer Hand gut für sie und für mich spürbar. Als ich gesäubert war, drehte ich mich um, um zu relaxen.

Gloria und Dajana gaben ihr Bestes, um mir Gutes zu tun. Auch Body-to-Body war Teil ihres sexy Verwöhnprogrammes. Die etwas unscheinbare Dajana konnte das sehr gut, ein Naturtalent. Irgendwann hieß es: „Umdrehen, bitte." Ich bereitete mich auf meinen zweiten Höhepunkt vor. Wieder war es Gloria, die an meinen Penis ging.

„Diesmal Du", befahl ich Dajana. Sie gehorchte. Langsam streichelte Dajana meinen Knüppel zum Knüppel, während Gloria meine Brust vorsichtig küsste. „Komm in meinen Arm, Süße", bat ich Gloria, in meinen Arm zu kommen. Sie tat es zuckersüß. Während sie sich an mich kuschelte und ich von hinten ihren Po knetete, schaute ich zu, wie Dajana zwischen meinen Beinen Platz nahm.

Sitzend ergriff sie meinen Schwanz, mit dem Ziel, mich zum zweiten Mal abspritzen zu sehen. Sie hatte eine seltsame Wichstechnik: mehr Pressen und Drücken als Hoch und Runter. Steif wurde er, ja, aber kommen konnte ich so nicht. Mir liefen die Zeit und das Geld davon. „Du hast noch 5 Minuten", flüsterte mir Gloria ins Ohr.

Ich konzentrierte mich bestmöglich, doch Dajanas komisches Gepresse half nicht weiter. „Du musst gleich kommen", mahnte mich die 21-Jährige in meinem Arm, „die Zeit ist gleich vorüber." „Mach Du", bat ich sie. Gloria griff nach meinem Schwanz und wichste gut weiter. So kam ich auch kurz darauf. Ich sah noch Dajanas bösen Blick, während mein Sperma diesmal mehr herauslief als herausspritzte.

Klar war dies eine Ohrfeige für Dajana, aber wenn sie nicht imstande ist, mich gut zu wichsen, muss es halt eine andere tun, die es besser kann. Punkt. Gloria und ich lächelten uns an, Dajana machte gute Miene zum bösen Spiel. Ich duschte mich frisch und ging befriedigt. Am Folgetag war mir wieder nach einer Erotikmassage. Diesmal zog es mich nach M-Riem. Dort sind die Angebote etwas luxuriöser, aber auch teurer.

Da kosten 30 Minuten schon 100 Teuro. Ich klingelte und wurde herein gebeten. „Ladies, Vorstellung", hallte es durch den Raum. Die Erste war gar nichts. Eine komplette Fehlbesetzung. Moby Dick lebt! Auf Wiedersehen.

Die Zweite war nett, aber mir zu alt. Die Dritte war sehr jung, aber mir nicht hübsch genug. Die Vierte war genau richtig: Sandrina hieß sie oder nannte sie sich hier in ihrem Job. Sie war Ende 20 und sah ein bisschen aus wie die Sängerin von Maria Magdalena. Eine brünette Schönheit. Wir einigten uns auf 45 Minuten für 120 Euro.

Ich duschte und erblickte im Raum eine Abmelkliege. So eine, wo der Penis nach unten hin frei liegt und hängt, wo die Beine seitlich jeweils eine Ablage haben. Sieht man selten. Hatte ich noch nie ausprobiert. „Habe ich ganz neu", strahlte Sandrina. „Magst Du auf der oder am Boden?" „Gerne auf der." Ich legte mich auf den Bauch und machte es mir gemütlich.

Sandrina stellte schöne Kuschelmusik an, dimmte das Licht herunter, zog sich aus und präsentierte mir ihren Traumkörper, der einige Tattoos auswies. Aber schöne. Sie gefielen mir. „Magst Du es eher sanft oder eher härter? Sensitive oder Sportmassage?" „Bitte massiere sensitiv und zärtlich", wünschte ich mir.

„Und ich mag gerne zweimal kommen, einmal bäuchlings, und am Ende dann auf dem Rücken liegend." Sie lächelte und holte ihr Öl. Dann ging es auch schon los. Ich lag auf dem Bauch und hatte meinen Kopf schräg, sodass ich ihren Körper sehen konnte, der neben mir stand. Sie startete gleich mit meinem Po und griff dann von unten an meinen hängenden Dong.

Das fühlte sich himmlisch an! So eine Melkliege ist das Größte. Sollte jeder Mann sich mal gönnen. Viel besser als eine normale Massageliege, wo man als Mann mühsam das Becken anheben muss, wenn die Frau von hinten unten den Penis oder die Eier streicheln soll.

Ich genoss dieses Gefühlserlebnis sehr. Langsam machte sie schneller. Ich spürte meinen Orgasmus bald kommen. Wie würde es sich anfühlen, so nach unten zu ejakulieren? I came. Heftig war's! Geil und genial war's! Mir war klar: Dieses Erlebnis werde ich ab sofort öfter genießen.

Sandrina ließ mein Sperma in den Boden einwirken. Kein weißes Handtuch lag da, soviel zum Thema Hygiene. Mir egal, ist ja nicht mein Fußboden. Dann genoss ich, wie sie mich weiter verwöhnte: sanft, erotisch, liebevoll, mit viel Hingabe. That´s the way, aha, aha, I like it, aha! Nach 30 Minuten sollte ich mich umdrehen. So gerne hätte ich meinen zweiten Samenerguss in selber Position wie eben erlebt, aber diesmal wollte ich sie dabei sehen. Nun lag ich da, wie Gott mich schuf: offen und geil. Sandrina lächelte mich süß an und begann damit, ihre zweite Handentspannung einzuleiten. Endlich hatte sie ihn in der Hand.

Meine rechte Hand spielte derweil mit ihrer Fotze. Viele von diesen Ladies mögen das nicht oder verbieten es, aber Sandrina war sehr cool dabei. Ich grabsche ja auch nicht brutal herum, sondern weiß, wie ich eine Frau dezent aber trotzdem geil berühren kann. Sie fragte, ob sie es von der Seite zu Ende machen soll oder von vorne.

„Von vorne, dann kann ich Dich besser sehen, und Du kannst dabei meine Eier kraulen", war meine logische männliche Antwort. Sandrina begab sich in Position und begann mit meiner ultimativen Befriedigung. Mein Dong stand schnell aufrecht. Seine ganzen 15 cm erstrahlten in vollem Glanz. Sandrina war Linkshänderin, also wichste sie mit Links. Ihr Handjob war geil. Genau im richtigen Tempo konnte sie es.

Als ich ihr mein Ende ankündigte, änderte sie den Grip ein wenig. Es war nun noch intensiver. Schön rutschte sie ölig rauf und runter, vom Schaft bis zur obersten Eichel, bis ich alle war. „Das war fantastisch, danke, ich komme gerne wieder", lobte ich sie. Sie freute sich. Bald darauf kam ich tatsächlich wieder. Ich wollte wieder zu Sandrina. Und sie war da und frei zum Glück.

„Wie teuer sind 120 Minuten bei Dir?", fragte ich sie. „210 Euro", war ihre auswendige Antwort. „Gut, gebucht. Darf ich Dich dann auch massieren?" „Gern, ich selbst habe die Liege auch noch nicht als Empfängerin ausprobiert. Sehr gern also." Nach unserer gemeinsamen Dusche startete sie. Den ersten Orgasmus wollte ich melkend erleben. Diesmal ließ sich Sandrina etwas Besonderes einfallen:

Nicht von hinten, sondern von unten machte sie es mir. Sie hockte sich tatsächlich auf den Boden, diesmal mit Handtuch, und bearbeitete meinen Penis wie auf den Pornovideos, wo die Massageliegen ein Loch für den Schwanz haben. Von unten melkte sie mich so lange, bis ich kam.

In den Videos tropft das Sperma dann die Dame voll, das verhinderte die Massagearbeiterin, indem sie mich in ein sauberes Taschentuch schüttelte. Es war großartig. Wieder eine neue Erfahrung für mich. That´s what I live for: Sex! Ich erholte mich kurz, dann war Rollentausch angesagt. „Wie darf ich Dich massieren?", fragte ich sie, während sie sich bäuchlings auf die Liege legte.

„Ich mag beides. Härter und sanft." „Darf ich auch Deinen Schambereich berühren?", fragte ich sie. „Solange Du respektvoll mit mir umgehst, darfst Du alles machen, was ich mag. Ein Nein ist aber ein Nein." Deal. Ich begann, sie zärtlich zu streicheln: ihren Rücken, ihre Arme und Hände, ihr Becken, ihren traumhaft schönen Po, ihre Beine und Füße.

Sandrina genoss es und ließ sich fallen. Ich entschloss, ein wenig mehr zu riskieren. Vorsichtig wanderte ich ihre Oberschenkel nach oben und innen. Ich war nun schon zwischen ihren Beinen. Dann der Griff von unten an ihre Vulva. Ganz vorsichtig und zärtlich. Wie würde sie reagieren?

Sandrina atmete tief auf. Ihr schien es zu gefallen. Also machte ich weiter. Vorsichtig streichelte ich ihren Venushügel entlang, bis ich an ihr kleines Büschel Schamhaare kam. Dieses überwand ich, um kurz darauf ihre äußeren Schamlippen einzuölen. Dann die inneren. Sie genoss! Geil! Da kein Veto oder Widerspruch kam, suchte und fand ich ihre Klitoris.

Die Massagefee war nun schon gut erregt, das konnte ich hören und spüren. Ich beugte mich vor zu ihrem Kopf und flüsterte ihr ins Ohr: „Soll ich so weitermachen?" „Ja, weiter so", flüsterte sie sinnlich zurück.

So kam es, dass ich ihr einen Orgasmus schenkte. Mein Zeigefinger und mein Mittelfinger sind da sehr geübt. Ich hatte schnell den richtigen Kniff bei ihr raus. Diese Position war auch für mich neu. Sandrinas Becken zuckte heftig, während sie kam. Sie klammerte sich mit beiden Händen an der Liege fest.

Ich konnte die Anspannung in ihren Schenkeln spüren, dann sah ich die Entspannung. Frauenorgasmen sind doch immer wieder wunderschön! Sandrina atmete tief. „Das war echt super, danke dafür", drehte sie sich um und küsste mich auf die Wange. Ich drückte sie sanft zurück auf die Liege und schenkte ihr noch eine 10-minütige Sportmassage, die ihr sehr gut gefiel. Dann aber war meine Zeit wieder gekommen. Yeah! Und meine Zeit war eine geile Zeit. Sandrina bedankte sich nämlich auf ihre Weise für meine Zärtlichkeiten.

„Leg Dich wieder auf Deinen Bauch", manipulierte sie mich. Eigentlich wollte ich auf den Rücken, aber ihr Blick verriet, dass etwas Besonderes folgen würde. Sie kroch wieder unter die Liege und startete ihre Melkarbeit. Plötzlich spürte ich etwas Feuchtes an meinem Schwanz. Dann wieder. Was war das? Nach einigen Sekunden wurde mir klar: ihre Zunge!

Normalerweise ist dies in seriösen Massagehäusern tabu, wenn nicht explizit angeboten, aber dieses bisschen Zunge war mehr als sie musste, das wusste ich. Ich genoss es sehr. Das bisschen Zunge wurde immer mehr Zunge. Auch immer mehr Zunge mit etwas Mund. Nun ja, es war kein richtiger Blowjob, aber ein Handjob mit Mundbonus. Ich konnte es irgendwann nicht länger aushalten und kündigte ihr mein Spritzen an.

Geil melkte mich Sandrina in ein Taschentuch aus. Diese 120 Minuten und diese 210 Euro dafür hatten sich sowas von gelohnt. Ein paar Tage später war ich erneut Gast bei ihr, jedoch erfuhr ich, dass dies ihre letzte Woche in München war: „Danach geht es an den Bodensee, nach Konstanz, wo ich 4 Monate bleibe." Ich war traurig. Ich entschied mich wieder für 120 Minuten und 210 Euro. „Same procedure like last time", kündigte ich ihr an. Sie fand meinen Vorschlag gut.

Diesmal wollte ich auf dem Rücken liegen und alles sehen. Die Sandrina positionierte sich zwischen meine sportlichen Beine und kraulte erst meine Eier, bevor sie mit der Handarbeit startete. „Du", fragte ich sie ganz vorsichtig, „machst Du diesmal auch ein bisschen Zunge mit?" Sandrina grinste: „Du weißt, eigentlich verboten hier." „Schon, aber das letzte Mal hast Du es auch gemacht." „Dafür gibt es keine Zeugen", erhob sie spielerisch den Zeigefinger. „Gesehen hast Du es nicht."

„Nein, aber gespürt", konterte ich geschickt. „Bleibt aber unter uns, okay?" „Logo!" Sie beugte sich etwas nach vorne und züngelte nun tatsächlich gut mit. Ich genoss es sehr. Das bisschen Zunge wurde immer mehr Zunge. Auch immer mehr Zunge mit etwas Mund. Nun ja, es war kein richtiger Blowjob, aber ein Handjob mit Mundbonus. Doch dann ließ sie sich verleiten und nahm ihn ganz in den Mund: ohne Gummi, trotz Verbot, einfach so, aus Leidenschaft, aus Lust, aus Gier! That´s the freakin´ power of the Womanizer! Ich ließ es zu und genoss, wie die hübsche Brünette mit dem liebevoll zurechtgetrimmten Schamhaarbüschel zwischen ihren Beinen mir nun einen blies. Ich begann zu beben. „Gleich ist es soweit", warnte ich sie, die Mundarbeit einzustellen, doch sie hatte andere Pläne, geilere Pläne: Ich sollte in ihren Mund kommen.

„Du, ich komme gleich", warnte ich sie erneut, doch sie gab mir mit einem Augenzwinkern zu verstehen, dass sie mich verstanden hatte. Na gut, dann passt es ja, dachte ich mir und fokussierte all meine Energie auf meinen Orgasmus. Dieser Orgasmus war ein Superorgasmus! S. blies seelenruhig weiter und schluckte mein Sperma. Genial! Sie wischte sich nicht mal den Mund sauber, so sauber war ich für sie.

„Wahnsinn, das war Wahnsinn, danke!", gratulierte ich ihr für ihre Top-Leistung. „Dafür erwarte ich jetzt aber auch eine richtig tolle Massage von Dir", lächelte sie mich an und legte sich auf den Bauch. „Dreh Dich diesmal um, ich würde Dich gerne auch mal so rum massieren." Tat sie. Ich startete. Gleichzeitig betrachtete ich ihren trainierten Traumkörper.

Gott war hier besonders fleißig und erfolgreich gewesen. Bestnote 1 mit Stern. Sandrinas Brüste waren schön und jung. Ich streichelte sie und spielte sanft mit ihren Brustwarzen. Langsam wanderte ich tiefer. Tiefer. Tiefer. Tiefer. Bis ich an ihren Füßen angelangt war. Dann wieder höher. Höher. Höher. Ja, jetzt genau richtig! Ich konzentrierte mich nun auf ihre wunderschöne Pussy und startete mit der manuellen Befriedigung.

Sandrina hatte die Augen zu und die Beine geöffnet. So liebe ich es! Ich umkreise ihre Clit vorsichtig, dann immer intensiver. Genau richtig, um Sandrina nach ein paar Minuten sich aufbäumen zu lassen. Sie war gekommen.

Aber ganz zufrieden war ich nicht, denn da war noch mehr herauszuholen. „Bleib so, jetzt gibt es noch die Zugabe", hauchte ich ihr zu. Sie nickte und ließ die Augen zu. Soll ich es wagen oder nicht, ging mir durch den Kopf. Ein wenig meine Zunge mit einzusetzen. Na gut, ich tu´s! Vorsichtig neigte ich mich in ihren Schoß und streckte meine Zunge aus. Als ich ihre Clit berührte, zuckte sie auf, doch sie ließ die Augen zu. Ein Zeichen für mich, weitermachen zu dürfen. Nochmal Zunge. Mehr Zunge. Viel Zunge! Diese Reihenfolge setzte ich perfekt um. Ich befriedigte Sandrina oral, und sie hatte nichts dagegen. Sie schmeckte sehr gut, frisch geduscht, sauber, superlecker, einfach nach hübscher Frau.

Sie wurde immer unruhiger. Plötzlich griff sie mir in die Haare und drückte mich noch tiefer in ihr Becken. Da kam sie auch schon und erlebte ihren Orgasmus Nummer 2. Einen sehr langen. Fast 1 Minute lang kämpfte sie. Als Leckgott, der ich nun mal bin, besorgte ich ihr es dann noch mit meiner Katja-Leckspezialtechnik. Ursprung und Funktionsweise dieser nachzulesen in meinen vorherigen Bänden.

Sandrina ließ es zu und kam kurz darauf erneut. Noch heftiger. Sie schrie fast dabei, musste sich mit der Hand den Mund selbst stopfen. Ich leckte aus und küsste ihren Körper hoch bis zu den Brüsten. Dann war es vorbei. Sandrina öffnete die Augen und strahlte mich an: „Wie geil war das denn! Mega! Du weißt echt, was eine Frau braucht." Ja, weiß ich.

„So, dann werde ich auch nochmal mein allerbestes für Dich geben", grinste sie mich an. „Wie magst Du auf die Liege?" „Auf den Bauch, und Du machst es von unten." Ich hatte mich entschieden. Und wie gut ich entschieden hatte. Denn Sandrina nahm wieder unten Platz und melkte mich nicht nur mit der Hand, auch mit dem Mund. Sie blies mir aufrecht senkrecht hoch von unten einen. Irrsinn! Es fühlte sich königlich an.

Genauso wollte ich kommen. Ich gab ihr das Signal, doch San-drina blies weiter. Ich spritzte nach unten ab, alles in ihren Mund. Gleichzeitig wichste sie meinen Schaft durch. Als ich mich umdrehte, kam sie hochgekrochen und küsste mich auf die Wange. Das Sperma war weg, sie hatte es ganz geschluckt. Als glücklicher Mann bedankte ich mich bei ihr.

„In 5 Monaten bin ich wieder hier. Ich würde mich sehr freuen, wenn Du dann wieder zu mir kommst. War echt wunderschön mit Dir." „Dito", küsste und drückte ich sie, dann ging ich.

Nun, wo Sandrina weg war, musste eine neue Masseuse her. Ich ging wieder zur ersten Adresse, wo mich eine Chinesin erwartete. Yoko. Mitte 30. Leider war sie die Einzige, die gerade frei war, ich hatte nur ein begrenztes Zeitfenster, also nahm ich sie. Da sie mir optisch nicht so sonderlich gefiel, blieb ich nur 20 Minuten für einen 50-Euro-Schein.

Der 50-Euro-Schein erfüllte seinen Zweck, mehr nicht. Es war nichts Besonderes, halt ein Orgasmus mehr. Vergessen wir Yoko. Mehr Platz in diesem Buch mag ich ihr nicht widmen. Umso mehr Platz dafür aber dem Gespann Valentina und Philomena. Was für Namen. So heißen Nutten heute.

Ich hatte das Glück, mal wieder eine Duomassage angeboten zu bekommen. Es war Valentinas erster Arbeitstag. Ihre Kollegin Philomena arbeitete sie ein. Ich war ihr erster gemeinsamer Gast. 45 Minuten für 100 Euro. Ich teilte beiden meine Absicht mit, zweimal abzuspritzen. Keine hatte etwas dagegen.

Es war Valentinas erster Tag, hatte ich schon gesagt. Sie war wohl noch nicht genau im Bilde, das wurde mir klar, als sie mich küsste und mir ihre Zunge in den Hals schob. Ich lag auf der Matratze und hatte nichts dagegen. Philomena stupfte sie kurz an und flüsterte ihr etwas ins Ohr, aber Valentina zuckte nur kurz mit den Schultern und küsste mich weiter.

Sie schien Spaß daran zu haben. Die Befriedigung des Kunden stand bei ihr an allererster Stelle. Prima! Valentina konnte gut küssen. Leidenschaftlich. Sie war Anfang 20. Vielleicht 22. Schlank und kam wohl aus Russland oder der Ukraine oder Polen. Konnte nur wenig Englisch. Kein Deutsch. Derweil machte sich Philomena an meinem Dick zu schaffen.

Sie wusste, ich wollte zweimal kommen, also das erste Mal relativ bald. Mit einem Double Stroke nahm sie meinen Schwanz in die Mitte ihrer Hände und fuhr gut auf und ab, hoch und runter, ab und auf, runter und hoch. Ich hatte die Augen zu, da das Knutschen mit Valentina geil war. Nach so 10 Minuten musste ich kommen. Ich spritzte ab. Wohin, keine Ahnung. Wieviel, auch keine Ahnung. Ich genoss es einfach.

Valentina knutschte weiter. Ich atmete ihr meinen Orgasmus in den Mund hinein. Als ich mich beruhigt hatte, legte sie ihren süßen Kopf mit ihren blonden, langen Haaren auf meine Brust ab. Ich schaute nach unten und sah die Sauerei, die ich veranstaltet hatte: Mein Sperma war sogar in Philomenas Haaren gelandet, sie zupfte es sich aus. „Du hast aber mächtig gespritzt", lachte sie. „Lag an Euch, ist halt eine super Sache, so zu zweit." Nun stand eine entspannende Massage an. Ich blieb auf meinem Rücken, da Valentina wieder knutschen wollte. Während ich dies mit ihr tat, streichelte mich Valentina am ganzen Körper. Nach dieser Kuscheleinheit wurde es Zeit für die zweite Handarbeit. Ich drückte Valentina hoch und deutete auf meinen Penis: „Now you please." „Kissing not good?", fragte sie mich. „Yes, your kissing very good, but I like your hand there, too."

„Okay. Then maybe Philomena kissing you." Philomena schaute ihre Kollegin rund und gleichzeitig wütend an. Die wanderte nach unten und begann meinen Penis zu streicheln. Philomena schüttelte den Kopf, kam aber trotzdem hoch zu mir. Sie war auch sehr hübsch, ebenfalls aus Polen schätzte ich.

Konnte aber gut Deutsch. Tatsächlich kuschelte sie sich in mich und legte ihren etwa 24-jährigen Kopf auf meine über 40-jährige Brust. „He´s kissing very good", deutete Valentina auf mich. Philomena aber zeigte keine Reaktion, sie blieb seitlich auf mir liegen und streichelte meine männliche Brust.

Ich umfasste sie von hinten und streichelte ihren bezaubernden Rücken und ihren süßen, kleinen Hintern. Valentina konnte auch verdammt gut wichsen. Sie arbeitete ausschließlich einhändig. Mit Links. Guter Griff. Möglichst viel Trefferfläche. Das tat gut! Mein Penis wurde immer steifer. Valentina strahlte mich bei der Handarbeit an, ich strahlte zurück.

Langsam wurde ich zittrig: Mein Erguss stand vor der Tür. Da ließ sich Philomena nicht lumpen: Sie drehte sich blitzschnell um zu mir, und küsste mich mit Zunge. Damit hatte ich nicht gerechnet. Fast verschluckte ich mich vor Freude. Keuchend kam ich und spritzte ab. Valentina beging einen großen Fehler: sie stoppte. Mitten im Orgasmus, mag ich nicht. Bitte weiterwichsen! Nur leider konnte ich ihr das nicht sagen, da ich ja mündlich verhindert war.

Philomena küsste genauso gut wie die Valentina, unterbrechen wollte ich diese Mundumarmung nicht. Aber meine linke Hand war frei, also machte ich mit der Auf-und-Ab-Bewegungen, um Valentina meinen Wunsch deutlich zu präsentieren.

Weitere wertvolle Sekunden verstrichen, ehe die Valentina kapierte und zum Schlusswichs ansetzte. Da war aber leider schon alles raus. Trotzdem rettete sie den Moment noch ein wenig. Vor allem, als ich ihre kleine Hand voll mit meinem Sperma sah. Foto, bitte. Ich war dankbar und glücklich für dieses Erlebnis und buchte gleich einen weiteren Termin bei den beiden Schönheiten am Folgenachmittag.

Diesmal musste ich leider 175 Euro für dieselbe Dienstleistung zahlen. Valentina war nun ja schon Profi. Aber dieses Geld verdiene ich locker in 1 Stunde. Also, was soll's. Ich hab's ja. „Wieder zweimal?", fragte Philomena.

„Wieder zweimal", antwortete ich." „2 times", erklärte sie ihrer Kollegin. Die nickte. Valentina war die Kuschelmaus Nummer 1. Sie kroch in meinen Arm und startete mit dem Küssen, bevor Philomena überhaupt nackt war. So ein Luder! Sweet P. kicherte und startete wieder ihren Double Stroke. Diesmal hockte sie seitlich neben mir, sodass meine Hand ihre Schenkel streicheln konnte. Gleichzeitig gab es Zungenspiele mit Valentina. „I wanna see your pussy", flüsterte ich Valentina ins Ohr.

Die verstand, setzte sich auf, hockte sich über meine Brust und schenkte mir so einen exquisiten Blick auf ihre junge Scheide. Hinter ihr machte Philomena gute Handarbeit. Diese konnte ich aber nicht sehen. Ich sah lediglich die Schönheit von Valentina vor mir. So, als ob sie auf mir reitet, halt nicht auf meinem Schwanzmann, sondern auf meiner Brust, Mann. Ich betrachtete ihre schuldige Fotze:

Die war jung und noch ganz frisch. Faltenfrei. Astrein. Ich hätte sie so gerne berührt oder geleckt, doch das wäre dann doch des Guten ein bisschen zu viel gewesen vielleicht. Philomena wichste nun schneller, sodass ich keine andere Wahl und Entscheidung hatte, als ihr mein Sperma zu schenken. Und sie wichste es Valentina von hinten an den Po. Die drehte sich extra um und sah neugierig zu. Ich konnte nichts sehen, dafür umso mehr spüren. Danach war Relaxzeit.

Ich blieb liegen und beide kümmerten sich um mich. Kopfmassage, Fußmassage, Brustmassage, Oberschenkelmassage. Dann wieder Dongmassage. Valentina wusste Bescheid, dass nun sie dran war. Und Philomena wusste auch Bescheid, wie es mir gefiel: Ich wollte nämlich auch ihre Öffnungen näher betrachten. Genauso sexy kniete sie über meinen Oberkörper und ließ mich schauen und staunen. Genüsslich griff sie nach hinten an meinen Schwanz. Doch Valentina wollte nun selbst Pimmelfrau spielen. Energisch verscheuchte sie Philomenas Hand und griff selbst zu. Ihr Griff war unbeschreiblich gut! Während sie mich masturbierte, mit viel Öl, verfiel ich den Reizen Philomenas. Die kam plötzlich auf eine spannende Idee: sich umzudrehen. Nun hockte sie auch auf meiner Brust, aber im Reverse Cowboy Style. Ich streichelte ihren Rücken und ihren schönen Po. Und plötzlich merkte ich, dass es nicht mehr nur Valentinas Hand war, die meinen Schwanz masturbierte, sondern dass auch Philomena mitspielte. Es fühlte sich so krass geil an.

Philomenas Hand unten, Valentinas Hand darüber. Aber beide ja richtungsanders. Das muss Mann einmal erlebt haben! Leider wurde die Restzeit immer kürzer. Ich hielt durch, so lange ich konnte, aber die Reize der beiden Göttinnen wurden von Sekunde zu Sekunde größer.

Finally: I fuckin' came! Mein Oberkörper wölbte sich in die Luft und warf die Kleine fast ab. Philomena bewies aber ihr Reittalent und blieb die Frau der Lage. Erschöpft war diese Sexsession beendet. Wie schade. Ein weiteres Mal musste es sein! Wieder 3 Tage later. Was ich nicht wissen konnte:

Es war mein letztes Mal mit den beiden, da Valentina am Folgetag den Salon verließ. Aber auch die dritte Einheit mit den beiden war eine unvergessliche. Wieder 45 Minuten für viel Geld. Mr. 2 times: „Can I stand this time?", fragte ich Valentina neugierig. „Ist zwar nicht üblich, aber warum nicht", antwortete die erfahrenere Philomena.

Ich stellte mich auf die Unterlage und wartete. Beide zogen sich aus und umgarnten mich. Dann war es Philomena, die als erste meinen Penis in Händen hielt. Dann war es Valentina.

Ich kam auf eine Idee, die ich schon früher oft bei Dreiern mit 2 Girls praktiziert hatte. Sie sollten abwechselnd wichsen. Jede 20 Sekunden. Dann Wechsel. Dann wieder Wechsel.

Die, die gewinnt, indem sie mich in ihrem Zeitfenster zum Kommen bringt, bekommt ein Präsent. Als Motivation legte ich einen 20er-Schein auf den Tisch. Valentina kapierte das Spiel nicht, aber ausländische Worte ihrer Kollegin zauberten ihr ein Funkeln in die Augen. Los! Im 20-Sekunden-Wechsel wechselten sie sich fair ab. Keine faulen Tricks.

Es war ein fairer Wettbewerb ... dachte ich, bis es ernst wurde. Valentina war gerade dran, als ich unruhiger wurde. Ihre 20 Sekunden waren alle, nur war Philomena dran. Doch Valentina hatte Lust auf die Extrakohle. Vor allem wollte sie die Wette gewinnen und ihr Talent damit bestätigen. Sie gab nicht ab. Philomena griff erneut zu, doch die Valentina drückte ihre Hand wieder und energischer weg.

Zuerst waren beide gestanden, aber im Zuge des Spiels waren sie auf ihre Knie gegangen, so wichste es sich angenehmer. Für mich eine sensationelle Perspektive aus der Point-of-view-Einstellung. Ich wurde immer nervöser, auch die Damen. Plötzlich schoss ich ab. Valentina hatte meinen King noch in Händen, aber er war gebogen, genau auf das Gesicht von Philomena gerichtet, die ihn genauso gierig haben wollte, um die Wette zu gewinnen.

Meine erste Ladung schoss raus und erwischte Philomena voll im Gesicht. Die zuckte. Dann kam schon die zweite. Nun ließ sie los, um sich ins Gesicht zu greifen. Das sorgte dafür, dass die Valentina meinen Schwanz aufgrund des plötzlich mangelnden Gegendrucks sich selbst voll in die Fresse hielt.

Da kamen auch schon meine nächsten Ladungen raus und erwischten Valentina im Gesicht. Die erschrak sich genauso, doch sie war Vollprofi genug, um nicht abzubrechen, sondern mir meinen Orgasmus aufrecht zu erhalten. Als ich fertig war, schnappte sich Valentina das Handtuch aus Philomenas Hand und wischte auch sich sauber.

Es war eine angespannte Stimmung im Raum. Beiden war ich ins Gesicht gekommen, absolut untypisch für das Ende einer erotischen Massage, aber nicht mein Fehler.

Beide hatten es selbst verbockt. Das wussten sie, also konnten sie mir keinen Vorwurf machen. Kritisch wurde es, als Valentina nach dem Ta-schengeld griff, doch Philomena war schneller. Es wurde etwas laut, sie stritten sich nun. Ich reagierte schnell, drückte beide auseinander, holte meine Geldbörse aus der Hosentasche und legte einen weiteren 20er auf den Tisch. „1 for you, 1 for you." Damit waren beide Streitzicken einverstanden und wieder beste Busenfreundinnen. Ja, so sind Frauen. Während ich mich weiter massieren und verwöhnen ließ, überlegte ich, ob ich dieselbe Wette noch einmal vorschlagen würde. Na, lieber nicht. Ich hatte bekommen, was ich wollte. Trotzdem bestand ich natürlich auf den zweiten Höhepunkt. Den schenkte mir diesmal Valentina mit einem fantastischen Handjob. Philomena stand über meinem Gesicht und ließ sich von unten in die Muschi gucken. Glücklich fuhr ich weg. Erotikmassagen sind etwas Herrliches! Doch manchmal sind da natürlich auch leider ungeschickte Hände dabei. Oder solche, die nur abwichsen, ohne Erotik, ohne Blickkontakt. Da geht es den Ladies nur um das Geld. Das ist dann schade, denn wofür bezahle ich schließlich?! Ich hatte schon einige Erotikmassagen zum Vergessen.

Bei manchen beschwerte ich mich sogar bei der Masseuse oder der Hausdame. Egal, ein Orgasmus hat noch bei jeder geklappt. Das Kunst- und Leistungsgefälle bei Erotikmassagen ist aber sehr stark. Von exzellent arbeitenden Damen bis hin zu Katastrophen auf 2 Beinen ist alles dabei.

Von Frauen, die so hübsch sind, dass sie jederzeit auf das Cover des Playboy könnten, wenn sie wollten, bis zu solchen, die lieber in der Geisterbahn arbeiten sollten. Ach, alleine über das Thema Erotikmassage könnte ich so viele weitere Geschichten liefern, die ich erlebt habe …

Blue Man Sex

In meiner wilden Zeit war ich Teil der legendären Robinson Club „Blue Man Group". Die Original Blue Man Group geht aus einer Gruppe junger Künstler hervor, die sich bei einer Aktion 1987 blau anmalten, um in einer Performance in New York City das Jahrzehnt zu feiern.

3 von ihnen (Matt Goldman, Phil Stanton, Chris Wink – 2 Trommler und 1 Software-Entwickler) gründeten 1 Jahr später dann die Blue Man Group. Zunächst machte die Gruppe in der Broadwayszene mit rüden Happenings auf sich aufmerksam. Nachdem sie 1991 vom Magazin „The Village Voice" den Obie Award erhielten, siedelten sie mit ihrer Show called „Tubes" in das Astor Place Theatre um.

In der folgenden Zeit zeigte die Gruppe Aufführungen in Boston, Chicago und in LA, Las Vegas. 2003 trat die Blue Man Group während der „Complex Rock Tour" in 70 Städten der USA auf. Ihre Europapremiere hatten sie dann im Mai 2004 in Deutschland, in Berlin. Am 12. Dezember 2006 wurde in Amsterdam, Holland die dritte europäische Show eröffnet. Anfang 2007 tourte die Blue Man Group wieder durch die USA mit der „Megastar 2.0-Tour".

Die Macher der Shows betonen, es sei ihr Ziel, die Zuschauer zu verbinden, sodass sie eins würden. Um alle Shows zu besetzen, stehen mittlerweile über 40 Blue Men und 60 Musiker zur Verfügung.

Die Band besteht aus Multiinstrumentalisten. Die Musik wird immer live gespielt. Die Band spielt auf E-Gitarre, E-Bass und Schlagzeug. Als zusätzliches Saiteninstrument kommt eine elektrische Zither hinzu. Die 3 blauen Darsteller verwenden unübliche Klangkörper wie Regenrohre, Plastikröhren und umgebaute Trommeln.

Außerdem wissenswert: Die Shows sind von humorvoller Komik und den amerikanischen Vaudeville-Shows des 20. Jahrhunderts geprägt. Parallelen zu Buster Keaton und zu den ulkigen Marx Brothers sind gewollt. Die Mitglieder benötigen 2 Stunden, um sich für die Show zu präparieren.

Es werden spezielle Latex-Haarabdeckungen, Gummiglatzen, benutzt. Diese und das übrige Gesicht werden mit stark fetthaltiger, blauer Schminke abgedeckt. Dieses Make-up trocknet nie, sodass die Gruppe während der Show das klebrige Aussehen der blauen Köpfe beibehält. Eine Show dauert durchschnittlich 90 Minuten ohne Unterbrechung. Ja, da war ich Teil von. ICH WAR EIN BLUE MAN! Natürlich nicht im großen Rahmen, aber immerhin im Robinson Club. Und wir waren verdammt gut. Wir wurden öfter mit der Original Blue Man Group verwechselt. Gäste, die die amerikanische Originalbesetzung gesehen hatten, meinten, wir seien genauso krass unterwegs wie die.

Blue Men ziehen Frauen magisch an. Und als Blue Man kann man all seine Fantasien ausleben. Vor der Show oder danach machten wir als Blue Men Gags oder irritierten die Gäste. Ich begab mich zum Beispiel gerne auf die Damentoilette. Als Blue Man absolut legitim. Blue Men sprechen nicht, sie sind stumm, ihre Komik ist göttlich. Wir studierten Hunderte Videostunden plus weitere Hunderte Probestunden, um uns diese Komik einzuverleiben.

Irgendwann war es klar, dass mir die Idee kam, Sex als Blue Man zu haben. Das erste Mal mit Jeanette, einer Kollegin, die auf mich stand. Sie war Fitnesstrainerin und schminkte mich immer zum Blue Man. Sie war 3 Jahre älter als ich und absolut austrainiert. Mittellange Haare, eine Powerfrau. Die konnte den ganzen Tag in der heißesten Sonne ihre Gruppentrainingsstunden durchziehen und hatte danach immer noch Kraft. Ein Teufelsweib.

Ich mochte sie, doch sie war nicht meine Nummer-1-Wahl, was Sex betraf. Ich flirtete stets mit, aber zog immer die Grenze. Sie wusste von meinem aktiven Sexleben mit jungen, hübschen, weiblichen Gästen, und auch, dass sie wohl nie eine richtige Chance bei mir haben würde.

Eines Abends schminkte sie mich mal wieder zum Blue Man. Sie wollte einen anderen Kleber an mir ausprobieren, also war ich 20 Minuten eher als alle anderen in der Umkleide. Während sie Hand anlegte, fragte sie mich: „Sag mal, hast Du als Blue Man eigentlich schon mal Sex gehabt?"

„Nein", antwortete ich ehrlich, „aber eine interessante Vorstellung. Ich weiß nur nicht, welche Frau da mitmachen würde. Als Blue Man sehe ich ja dann doch etwas anders aus, so mit Glatze und ganz blau im Gesicht." „Ich würde mich freiwillig zur Verfügung stellen für einen Test." Das war eine klare Ansage! „Dein Ernst?" „Naja, Du weißt, dass ich auf Dich stehe. Und dies ist wohl meine einzige Möglichkeit, Dich mal ins Bett zu bekommen." Eine ehrliche Haut, diese Jeanette. Und ja, Ehrlichkeit muss belohnt werden.

„Okay. Heute Abend wirst Du Sex mit einem Blue Man haben", versprach ich ihr. Sie freute sich. Sie schminkte mich fertig. Ich rockte mit meinen Kollegen die Bühne. Danach noch an die Bar den üblichen Schabernack treiben. Erschöpft stiefelte ich dann zurück zum Theater. Gewohnheitsgang, um mich zu demaskieren und abzuschminken.

„Moment mal", hörte ich Jeanette hinter mir herrennend rufen. „So einfach entkommst Du mir nicht. Du hast mir etwas versprochen." „Ja, sorry, war keine Absicht", rechtfertigte ich meinen Blackout, „ich war einfach in meiner Routine. Natürlich halte ich mein Versprechen." „Komm mit." Sie führte mich in der Dunkelheit in ihr Zimmer.

Ich war immer noch schwitzend blau. Sie legte ein paar Handtücher aufs Bett, darauf sollte ich mich legen. „Du relaxt, ich erledige das", tönte sie und zog sich vor mir ihre Powerjeans aus. Sie hatte echt kräftige Schenkel. Nicht dicke, sondern kräftige. Dann machte sie sich obenrum nackt. Busen bearbeitet. Aber schön.

Sie zog mir Hose mit Unterhose runter, ich sollte mein schwarzes Blue-Man-Hemd anlassen. Auch die blauen Handschuhe. Alles sollte so authentisch wie möglich sein. „Am liebsten würde ich jetzt auch Deinen Schwanz blau anmalen, dann wäre die Szene perfekt", grinste sie.

„Endlich gehörst Du mir", küsste sie meinen Bauch und griff dann zu. Sie wichste und blies ihn kurz steif, dann holte sie ein – blaues! – Kondom aus der Schublade und streifte es mir drauf. Ihre komplett bis auf das letzte Haar frei rasierte Muschi setzte sich nun auf meinen Dong und verschlang ihn. Er war nicht mehr zu sehen. Dann begann sie zu reiten.

Zuerst langsam, dann rasch schnell und gierig. Ich fühlte mich ein wenig seltsam, als Blue Man Sex zu haben. Steckte ja noch komplett in Maske und Aussehen der Freaks. Und doch war es geil. Sehr geil, das Gefühl. Zudem ritt Kollegin Jeanette echt gut. Sie war erfahren und wusste, wie gutes Reiten geht. Nach etwa 10 Minuten ritt sie mir zu gut. Ich musste kommen. Ich wollte kommen. Ich kam! Fast gleichzeitig kam auch sie. Als wir beide fertig waren, stieg sie von mir hinab und fragte: „Und, hast Du auch blaues Sperma abgespritzt?"

Wir lachten. Ohne viel über den gerade passierten Sex zu sprechen, ging ich zurück in die Umkleide, um mich wieder zurück zu verwandeln in den Schönling, der ich war und bis heute bin. Jeanette war klar, dass sie unter normalen Umständen keine Chance auf mehr mit mir hatte, also wartete sie wieder 2 Wochen, um mir beim Schminken zum Blue Man klarzumachen, dass ich als blauer Mann ihr gehöre.

Ich willigte ein. Nach der bombastischen Show ging es wieder zu Jeanette. Diesmal wollte sie, dass ich sie zuerst lecke. „Aber dann wird Deine Muschi auch blau." „Egal, das ist es ja, was mich reizt. Geleckt zu werden von Dir als Blue Man." Ich tat ihr den Gefallen. Sie schmeckte muskulös und fühlte sich so an. Ich schenkte ihr 2 Orgasmen so.

Ich sollte mich hinstellen. Sie kniete sich vor mich, zog mir die Hose runter und blies mich glücklich. Im Spiegel ihres Zimmers sah ich zu. Der Blue Man bekommt einen geblasen. Genial! Sie blies vernünftig, nichts Spektakuläres. Schließlich kam ich und sie schluckte mein gefühlt blaues Sperma komplett weg.

2 Wochen später der nächste Blue-Man-Fick. Diesmal fickte ich sie als Missionar, dann Doggy, und beendete es wieder von oben. Mir war aber klar, dass ich aus dieser Abhängigkeit raus musste und wollte. Also sprach ich nach unserem vierten Sex-Date ihr freundschaftlich die Sex-Kündigung aus, die sie hinnehmen musste. Das Lebe ist halt kein Wunschkonzert.

Ich war geil darauf geworden, als Blue Man auch außerhalb der Bühne mein Unwesen zu treiben. Und die nächste Show sollte eine legendäre werden.

Besonders die After-Show-Party. Gruppensex finde ich immer geil, wenn ich der einzige Mann bin. Andere Männer mit dabei ist nicht mein Ding. Hatte ich in meinem Leben nur selten. Dieses Mal aber waren sogar 2 andere Männer mit dabei! Dirk und Mario waren die anderen beiden Blue Männer. Mario eigentlich in festen Händen mit Mandy, einer Taucherin, Dirk eine Lebemann. Dirk war damals schon knapp 40, alt für einen Robin, aber als Sound & Light darf man das. Wir hatten gerade unsere rockige Nachmittagsprobe für die Abendshow abgeschlossen, da rief uns Dirk zusammen.

„Ich habe da gerade etwas am Laufen mit einer hübschen Thüringerin. Sie weiß von unserer Show heute Abend. Sie kommt natürlich. Sie ist mit 2 Freundinnen hier. Die schauen sich das auch ganz interessiert an. Eine eingeschworene Mädelsgruppe ist das. Alle 3 hübsch. Zwischen 25 und 29.

Und als ich sie gestern gefickt habe und ihr von uns, den 3 Blue Men erzählt habe, kam sie wahnwitziger Weise auf die Vision, es mal mit einem Blue Man zu treiben. Wir hakten uns fest, und heute fragte sie mich doch, ob ihr beide auch zur Verfügung stündet. Sie würde nämlich ihre 2 Freundinnen heiß machen. Vielleicht würde da ja ein Sechser draus. Eine für jede von uns."

Mario und ich schauten uns an und nickten: „Wir wären dabei." „Sie gibt mir bis zum Abendessen endgültig Bescheid. Wäre schon eine geile Sache, Jungs." Wie gesagt: Ich war und bin bis heute kein Freund von Gruppensex, an dem auch andere Männer als ich beteiligt sind. Aber Dirk und Mario waren für mich wie Brüder.

Ein Blue Man zu sein bedeutete auch eine ganz spezielle Beziehung. Ich hatte sonst im Tagesgeschäft mit Mario nicht viel zu tun, aber als Blue Men verstanden wir uns prima. Dirk war wie ein älterer Bruder für mich. Wir kannten uns alle nackt, standen meist nach den Shows gemeinsam unter der Dusche und rubbelten uns gegenseitig sauber.

Nicht falsch verstehen, bitte. Es geht um die blaue Farbe! Als wir uns zur Show einfanden, um geschminkt zu werden, kam Dirk stolz auf uns zu und meinte: „Geht klar! Nach der Show alle blauen Männer ab auf Zimmer C 212."

Wir jubelten und stießen mit je einem Bier darauf an. Ich wusste nicht mal, wie die 3 Frauen aussahen, Mario auch nicht, aber wir vertrauten Dirk und ließen uns einfach überraschen, was passieren würde.

Wir rockten die Bühne wie Sau. Dirk gab mir diesmal den Befehl, meine blaue Rose einer ganz bestimmten Frau zu überreichen: seiner Bettgespielin. Als ich vor ihr stand, blickte ich nach links und rechts. 3 hübsche Frauen waren es in der Tat. Wie gern ich diese blaue Rose verschenkte! Ich wusste, dieser Abend könnte legendär werden.

Wir waren wie immer durchgeschwitzt von der krassen Show, doch die Dusche musste warten. Wir wurden als Blue Men gebraucht und gebucht. Dirk, Mario und ich warteten ab, bis der Rummel aus dem Theater weg war, dann zogen wir eine 10-minütige Bonus-Show am Schachbrett ab, unter großem Jubel der bereits befriedigten Gäste, um dann in Richtung Block C zu verschwinden.

Bevor wir anklopften, meinte Mario: „Jungs, das bleibt aber bitte unter uns. Ein Blue-Man-Geheimnis. Mandy darf das nicht erfahren." Wir nickten. Dirk: „Und da drinnen lasst uns ganz Blue Man bleiben. Kein Wort, nicht sprechen. Einfach ficken und Spaß haben. Danach gehen. Ohne ein Wort. Voll in der Rolle bleiben. Mann, das wird geil!"

Wir klopften und die Tür öffnete sich. Die 3 hübschen Ladies wohnten in einem exklusiven Zimmer für 3. Strahlend empfing uns Lady 1. Keine Ahnung, wie sie hieß, aber sie war wohl die Flamme von Dirk. Dann kam Lady 2 mit Lady 3. Da ich ihre Namen nicht kannte, beschreibe ich sie: 3 Mal lange Haare, 3 Mal blond, 3 Mal sexy Figur. Alle geschätzt gleich alt, so 26. Alle 3 in sexy Shirt und sexy Short.

Meine Lanze begann sich zu regen. Wir huschten hinein und zogen unsere Blue-Man-Nummer ab. Die Ladies lachten. „Jungs, Ihr müsst hier nicht verrücktspielen. Obwohl, geil ist das schon. Hihihihi." Langsam machten wir ernst. Jeder von uns ging auf eine Frau zu. Dirk war der Erste. Er nahm seine. Ich war der Zweite, ich nahm nicht seine, sondern eine andere. Der Mario kam als Letzter. Er nahm nicht seine, auch nicht meine, sondern die Letzte.

Tatsächlich traute sich Dirks, ihn zu küssen. Sie verblaute sich. Würden auch die anderen beiden Mädels blau werden wollen? JA! Ich sah aus dem Augenwinkel, wie Mario geküsst wurde. Dann wurde ich geküsst. Ich wurde gut geküsst. Sehr gut. Plötzlich zog meine zurück und fragte laut in die Runde: „Was meint Ihr, Girls? Was wollen wir mit unseren blauen Männern nun veranstalten? Ihnen einen blasen?" „Au ja", kicherte Marios Girl. „Let's do it!" Ich freute mich! Die Damen zogen uns gleichzeitig unsere Hosen runter. Ich erlaubte mir den Gag, noch eine blaue Rose darin versteckt zu halten. Die übergab ich meiner Schönheit, die sich unglaublich freute. „Jetzt habe ich auch eine blaue Rose", prahlte sie. Nun kamen unsere 3 Schwänze zum Vorschein. Dirk und Mario hatten längere als ich. Aber das war mir egal. Meine 15 cm sind einfach klasse.

Ich schaute nach links: Dirk wurde geblasen. Ich schaute nach rechts: Super Mario wurde geblasen. Ich schaute nach unten: Ich wurde geblasen. Wir 3 schauten uns gegenseitig an: Die Blue Man Group wurde geblasen! Wir genossen es. Ich war Empfänger und Voyeur zugleich. Voyeurisierte mich selbst, aber auch das Treiben um mich herum.

Nach etwa 10 Minuten hörte ich tiefes Stöhnen zu meiner linken Seite: Dirk kam. Seine Tussi lutschte alles in sich hinein. Ich schätzte seinen Knüppel auf sagenhafte 22 cm. „Gewonnen", grinste die Gewinnerin, „mein Schwanz ist gekommen." Nun wurde ich unruhig. Meine Bläserin gab nämlich jetzt mehr Gas. Sie blies gut, zu viel mit Zunge, aber sonst echt gut.

Ich zuckte und schoss meine gefühlt blauen Ladungen ab. Auch meine Hostess schluckte alles. Nun lag es an Mario, die Ehre der Blue Men zu verteidigen. Aber es dauerte bei ihm. Wir alle schauten gebannt zu. Nicht nur wir Blauen, auch die bereits siegreichen Ladies. Die arme Dritte quälte sich echt ab, aber Mario schien eine ernste Blockade zu haben. „Los, komm schon, spritz ab", rief Dirk.

Ich rammte ihm meinen Ellenbogen in die Seite, er begriff: Nicht sprechen! Die Dritte gab alles, doch Mario konnte einfach nicht abspritzen. Da gesellte sich mein Mädel dazu, und kurz danach kam Mario aber sowas von heftig.

Auch seine behielt das Sperma nur für sich. Aber es hatte einen zweiten Reiz benötigt. Die Blue Man Group zog ihre schwarzen Hosen hoch und verschwand genauso seltsam, wie sie gekommen war. Was für ein krasses Erlebnis! Zurück in der Umkleide durften wir wieder sprechen. „Und, war das geil oder war das geil?!", lachte Dirk. Ich umarmte ihn, und auch Mario drückte mit. Er gestand, dass er sich mental schwer getan hatte wegen seiner Mandy. „Hey, Du warst ein Blue Man. Nicht Mario. Vergiss es. Alles gut zwischen Dir und Mandy", beruhigten Dirk und ich ihn. Uns war klar, wir würden so ein blaues Spektakel bei Gelegenheit wiederholen wollen. Insgesamt viermal hatten wir als Blue Man Group Gruppensex mit Frauen. Jedes Mal war Super-Dirk der Initiator für diese Events.

Und es blieb nicht nur bei Blowjobs. Auch Ficken war mit dabei. Hauptspektakel dieser 4 Events war eine Orgie mit 6 Frauen. Ja, mit 6 Frauen! 6 Frauen!! Dirk hatte sie organisiert. Es war die ganze Squash-Ladies-Gruppe eines Bundesliga-Vereins. Alles hübsche, sportliche Ladies.

Diese Gruppe war mir längst aufgefallen, ich hätte mir sicher die eine oder andere geangelt, doch ich war bereits aktuell für 1 Woche vergeben. Die zierliche Clarina war es, die ihr Bett mit mir teilte. Eine 20-jährige Studentin aus Holstein Kiel. Schwarzhaarig, klein, niedlich. Mit Stubsnase. Sie wollte Sex mit mir. Sie bekam Sex mit mir. Täglich zweimal. Leider wollte sie nicht schlucken, aber immerhin blies sie. Sonst machte sie es mir mit der Hand zu Ende oder ich fickte sie und mich glücklich. Oder sie sich und mich. Vor der Blue Man Show rief Dirk das blaue Plenum ein, den geheimen Dreierkreis, und verkündete:

„Heute Abend, Jungs, erwartet uns etwas Spektakuläres. Lasst Euch überraschen. Die Blue Men sind gefragt!" Zuerst rockten wir die Bühne, dann trauten wir unseren Augen kaum: Da waren 6 Ladies. 6 Ladies! 6 Ladies!! Und wir waren 3 Blue Men. Also für jeden 2.

Ich war der Erste, der sich seine 2 Bettgespielinnen auswählte. Ich kannte ihre Namen nicht, hier zählten nur Gesichter, Hände, Münder, Körper und Muschis.

Meine beiden waren ganz sicher die jüngsten Girls im Team. Ich schätzte sie auf 20 und 21. Die anderen waren so zwischen 22 und 33. Es waren 2 Zimmer mit Verbindungstür, die uns nun zur Verfügung standen. Dirk machte es sich mit seinen 2 Fängen auf dem großen Bett gemütlich. Ich mir auf dem großen Bett im anderen Zimmer. Mario besetzte das gemütliche Sofa in Raum 1. Was die beiden anderen Jungs trieben, interessierte mich herzlich wenig. Die Blue Man Group hatte sich soeben getrennt. Ich sah zu, wie sich meine Girls auszogen und sich mir zu Füßen knieten. Plötzlich kam die eine auf die Idee, Fotos zu schießen. Sie holte ihre Kamera aus ihrer Schublade und fragte: „Darf ich?" Ich nickte. Sie fotografierte also, wie die andere an meinem Penis arbeitete. Dann tauschten die Girls und sie wurde fotografiert, wie sie an meinem Penis arbeitete.

Ich lag da wie der Fels in der Brandung und strahlte innerlich, während sich mein äußerlicher Gesichtsausdruck aber beherrschte. Typisch Blue Man. Sie schossen eine Menge Fotos, mit meinem Dong in ihren Händen, in ihren Mündern, an ihren schönen, jungen, festen Titten. Und mein blaues Gesicht war immer mit drauf. Das war ihnen wichtig.

Ohne Vorwarnung kam ich. Denn – ja – Blue Man sprechen ja nicht. Es war die Blonde, die gerade dran war. Als ich ihr meine erste Ladung in den Mund jagte, reagierte sie gleich und wichste auf ihre Brüste zu Ende. Die andere schoss fleißig Erinnerungsfotos an dieses wohl etwas andere Trainingslager.

Ich blieb liegen. Beide Mädels kicherten: „Blaues Sperma hast Du aber nicht." Sie amüsierten sich, säuberten meinen Genitalbereich, ihre Hände und Körper und legten sich in meinen Arm. Eine links. Eine rechts. So lagen wir da, bis wir aus Raum 1 tiefes Stöhnen hörten. That´s Dirk. Dann Jubel der Damen. Kurz darauf Jubel 2. Also war auch der Mario-Fremdgeher gekommen. Als einige Minuten später 2 nackte Frauen meinen Raum betraten, blickte ich hoch.

Sexy! Sie schlugen einen simplen Blauen-Mann-Tausch vor, doch meine hatten etwas dagegen: „Dieser Bläuling ist unserer!" „Kommt schon, die Absprache war einen andere", meckerte die lange Brünette, die mir auch sonderlich gut gefiel.

Etwa 26. Aber die Teenies setzten sich durch: „Dann tauscht drüben, wir wollen den hier." Sie hatten mich verteidigt wie einen Löwen. Normalerweise tausche ich gerne Frauen, um Erfahrungen zu sammeln, neue Hände, Münder und Pussys kennenzulernen, aber meine 2 Hübschen hatten mir optisch ohnehin am besten gefallen von den 6. Außerdem war ihre Leistung im Bett echt gut.

Üblicherweise spreche ich mit meinen Frauen nach dem Sex, aber ein Blue Man darf das nicht. Auch drüben hörte ich keine Männerstimme. Gut so, Jungs! Ich entschied mich, die Zeit der Pause sinnvoll zu nutzen. Ich zog mir die Hose hoch und zeigte meinen Mädels, was ich vorhatte. Lecken. In voller Blue-Man-Montur kniete ich mich zwischen die Girls und startete den Oralsex an Girl 1.

Es war die blondere Blondine von beiden. Sie war so jung und schön, ihr Körper einfach nur heiß-hot. Ihre Pussy war mega: keine Schamhaare, dafür süße Schamlippen und eine dynamisch arbeitende Klitoris, die auf Berührung sofort reagierte. „Eine blaue Zunge hat der aber nicht", kicherte Girl 2, während diese hellrot-normale Zunge Girl 1 mehr und mehr stimulierte.

Girl 2 lag aber nicht nutzlos da, sie griff wieder zur Kamera und schaute mich fragend an. Ich nickte. Also schoss sie Fotos ihrer Sportkameradin, wie diese von einem echten Blue Man geleckt wurde. Es waren Fotos aus der POV-Perspektive des Nehmer-Mädchens, aber auch aus meinen gebenden Augen.

Auch andere Winkel wurden fleißig getestet und für gut befunden. Plötzlich kam meine Empfängerin. Laut und heftig. „Mach weiter, einfach weiter", keuchte sie, nachdem ich aufhören wollte. So schenkte ich ihr 2 weitere Highlights.

„Ich mag auch mehrfach kommen, Du scheinst das echt gut zu können, blauer Mann", grinste mich Girl 2 an. Girl 1 und Girl 2 tauschten ihre Plätze und Rollen. Ich schlürfte eine neue Pussy. Diese hatte einen Irokesen stehen, und zwar einen hellblonden, scharf! Auch ihr Körper war jung und sexy. Zum Verführen gebaut, zum Ficken gemacht.

Ihre Pussy schmeckte fast noch besser. Also gab ich mir große Mühe, auch sie artgerecht zu bedienen. Apropos Schießen:

Girl 1 schoss nun Fotos von ihrer Busenfreundin und mir, dem blauen Mysterium. Auch Girl 2 kam brutal. Laut stöhnte sie. Und mehrmals, denn es waren ebenso 3 Highlights, die sie genießen durfte. Was derweil in Raum 1 passierte, war mir egal. Aber es war sicher auch etwas Sexuelles. Nun war ich wieder fit und hatte Lust auf Ficken.

Nach Kondomen durfte und musste ich nicht fragen, da welche auf dem Betttisch lagen. Ich gab den Ladies ein Zeichen und sie verstanden. „Ich reite den Blue Man zuerst", rief die Blondere und setzte sich durch. Ich lag da und hielt steif hin. Nach ein paar Minuten stieg die Lady 2 auf mich. Beide Pussys fühlten sich himmlisch an.

Da kamen die beiden sexy Sportlerinnen von eben rein. „Hey, ich will auch einen Blue Man reiten", rief die eine und schubste die aktuelle Reiterin fast vom Bett. Sie nahm auf dem feuchten Kondom Platz und ritt mich mit viel Augenkontakt. „Jetzt ich", rief ihre Begleiterin. Auch sie durfte. Sie war etwas weit, aber das gab mir Zeit, alles nur noch länger zu genießen.

Mittlerweile waren auch Mario und Dirk im Zimmer angekommen, ebenso die noch fehlenden 2 Ladies. Mario guckte wie eine Ölsardine. Dirk hingegen erkannte seine Chance und signalisierte, dass auch er nun ficken wolle. Stehend von hinten nahm er eine meiner. Marios Groupies wurden auch zu meinen. „Wir wollen auch mal diesen jenen Blue Man haben."

So kam es, dass auch sie mich ritten. Ich wurde innerhalb von 30 Minuten von 6 Frauen geritten. Von 6 bildschönen Frauen! Ich hielt megalange durch und spritzte in der finalen Reiterin ab. Was für eine Erlösung! Dirk kam von hinten in einer anderen, nur Mario beließ es bei einmal Kommen. Er war ein paar Jahre älter als ich, ich zeigte Verständnis.

Es war ein krasser Abend gewesen, einer, den ich nie vergessen werde. Bis heute ist er mir unglaublich präsent in Kopf und Schwanz. Als Single Blue Man vernaschte ich während meiner Robinson-Zeit noch die eine oder andere Lady in Kostüm und Maske. Die eine oder andere Erinnerung auf Video ist bis heute mein.

Chef-Tochter

Ich schaute mal wieder in meine private Pornosammlung und machte mir einen schönen Abend. Dabei fiel mir das Video mit Quirina auf. Hatte ich lange nicht mehr gesehen. Also jetzt. Hier die Geschichte dazu:

Nach Ausbildung/Studium und vor meinem Arbeitsstart in Deutschland arbeitete ich ja als Entertainment-Animateur für den Robinson Club. Hier wurde ich zum Womanizer. Nein, eigentlich war ich schon davor einer. Aber bei Robinson konnte ich meine Begabungen perfektionieren.

Quirina war die jüngste Tochter des damaligen regionalen Clubchefs Uwe. Uwe war ein toller Kerl. Er hatte den Laden im Griff, war bei uns Mitarbeitern sehr beliebt und hatte viel Erfahrung in der Branche. Er hatte 2 Kinder aus 2 Ehen und 2 weitere Kinder aus diversen Liebschaften. Typisch Robinson.

Er war bereits Mitte 50, so 55, 56, aber immer noch gut in Schuss. Sehr fit, immer noch sportlich aktiv und ein Frauenschwarm. Seine aktuelle Lebensgefährtin hieß Maja, sie war eine 30-jährige Fitnesstrainerin, die er dann gegen die 27-jährige Stewardess Mina austauschte. Der Uwe hatte also 4 Kinder. Ich kannte aber keines davon. Hin und wieder waren sie wohl im Club zu Besuch, sie hatten hier natürlich frei Haus und frei Logis.

Eines Nachmittags, ich war gerade sportlich sehr aktiv gewesen und trank mit den Gästen einen frisch gepressten O-Saft an der Bar, fiel mein Blick auf ein junges Mädchen. Sie sah aus wie 16, war aber schon 19. Ich war damals Mitte 20. Sie saß alleine an der Bar und quatschte mit dem Barkeeper. Sie gefiel mir sofort!

Sie hatte lange, blond-braune Haare, fast bis zu ihrem Po runter, den sie in einer ganz kurzen Shorts versteckte. Obenrum trug sie Bikini. Ihre Brüste zeichneten sich als klein, aber schön ab. Sie trug Flip Flops und schlürfte an einer C. Cola mit Eis. Ich musste sie ansprechen. Also ging ich die paar Meter zu ihr rüber und stellte mich vor. In meiner Teamkleidung wusste sie ja sofort, dass ich hier arbeite.

Ich plauderte sie locker an und sie plauderte locker zurück. Ein aufgewecktes Mädel. „Bist Du zum ersten Mal hier?", fragte ich sie. „Nein, ich bin alle 6 Wochen für ein paar Tage da", grinste sie. „Habe Dich noch nie gesehen, bin aber auch erst seit 3 Monaten hier am Start", war meine Reaktion.

Die muss schwerreiche Eltern haben, dachte ich. Alle 6 Wochen Robinson für ein paar Tage – Holla die Waldfee! Ich fragte sie, ob sie Lust auf Sport habe, schlug ihr Volleyball und Boccia vor, aber sie lehnte ab. Auch meine Jogging- und Laufgruppe war nichts für sie. „Ich gehe dafür lieber ins klimatisierte Gym im Wellnessbereich."

Als ich sie fragte, was sie sonst noch vorhabe, meinte sie, einen Schnorcheltrip. „Ich liebe Schnorcheln", lächelte sie, „da sieht man so tolle Fische. Und das Rote Meer hat davon ja einige zu bieten." „Ich kenne hier alle Riffs in- und auswendig", gab ich an, „morgen ist mein freier Tag. Wenn Du magst, mache ich morgen mit Dir eine exklusive Schnorchelführung zu den schönsten Stellen hier im blauen Wasser." „Das klingt echt gut", strahlte Quirina.

Wir vereinbarten gleich früh morgens, da da die Sicht am klarsten ist. „Ich stehe extra für Dich um 7 Uhr auf, an meinem freien Tag. Wir können uns um 8 am Strand an der großen, roten Boje treffen. Bereite Dich auf einen eineinhalb bis zweistündigen Trip vor, okay?" Sie nickte und ich zog glücklich weiter. Dieses Traummädel könnte das meine werden.

Am Abend hatten wir Show, Blue Man Group stand an. Alle 14 Tage. Unsere beste Show! Wir spielten wie immer live und bekamen Standing Ovations. Auch natürlich diesmal. Als blauer Mann gab es einen Moment, wo ich eine blaue Rose aus meiner schwarzen Hose zaubere. Diese bekam immer eine hübsche Frau aus dem Publikum mit blauem Kuss auf den Mund.

Ich schaute mir natürlich schon in den ersten Minuten immer eine Traumfrau aus. Dieses Mal sollte es Quirina sein. Und tatsächlich: Sie saß mitten im Publikum. Ich erkannte sie durch mein komplett blau überschminktes Gesicht mit Glatzenkapuze sofort. Als der Moment kam, lief ich durch die Reihen der Gäste, bis ich sie erreicht hatte. Ich nahm sie an ihrer Hand und ließ sie aufstehen. Spot on her!

Im Scheinwerferlicht zog ich nun die legendäre blaue Rose aus meiner legendären Hose und überreichte sie ihr. Dann folgte der Kuss. Sie hielt hin und ließ sich auf den Mund küssen. Hin und wieder drehten sich Frauen auch mal weg, weil sie die krassblaue Farbe nicht im Gesicht haben wollten.

Aber Quirina hatte großen Spaß dabei. Ich fühlte mich geil und war den Rest der Show der Super Blue Man, wie immer. Über 1 Stunde dauerte es immer, bis ich mich demaskiert und sauber gewaschen hatte unter der Dusche. Die ganze Farbe, der ganze Kleber. Wer die 3 Blue Men waren, war ein großes Geheimnis. Kein Gast wusste es offiziell. Nur die Angestellten. Naja, anhand Statur und Bewegungen konnte man es sich natürlich auch denken. Oder dass halt 3 Typen erst 1 Stunde nach der Show frisch geduscht mit etwas rotem Gesicht vom Farbe abrubbeln ziemlich erschöpft ans Schachbrett kamen. An diesen Abenden tanzte ich nicht mehr, sondern chillte lieber mit den Gästen, um das ganze Lob für die Show zu hören und zu genießen.

Doch leider war Quirina nirgends zu sehen. Ich organisierte mir einen Fick für die Nacht, eine junge Frau, die an ihrem letzten Abend vor der Abreise von einem Ani gut gebumst werden wollte, und schlief dann alleine ein. Der Wecker klingelte früh. Am freien Tag um 7. Eigentlich unmenschlich, aber ich hatte ja eine Plan. Einen guten Plan.

Ich frühstückte ein wenig Obst im Restaurant, dann holte ich mir aus meinem Zimmer meine Schnorchelsachen und marschierte zum Strand. Da saß auch schon die kleine, süße Blondine im Sand und spielte mit diesem. „Hi, guten Morgen", stellte ich mich erneut vor. „Hi. Und, gut geschlafen?" „Danke, und Du?" „Ja, auch. Übrigens: Danke für die blaue Rose gestern und den Kuss. Fand ich voll süß. Die Rose bekommt zu Hause einen besonderen Platz in meinem Zimmer."

Ich hatte ihr nicht gesagt, dass ich der blaue Mann war, aber sie war auch nicht blöd. Sie hatte mich erkannt. „Gerne", zog ich mir die blauen Flossen an. „Ich habe das ganze Publikum durchgeschaut und bin bei Dir hängen geblieben. Das hübscheste Mädel sollte die Rose bekommen." „Du Schmeichler", fühlte sie sich geschmeichelt.

Und sie zog sich ebenfalls ihre Flossen an. „Bist Du eine gute Schwimmerin?", fragte ich sie. „Ja, eigentlich schon. Aber Du kannst mich wenn Strömung ist gerne an der Hand nehmen, dann fühle ich mich sicherer im offenen Meer." Ja, darauf würde ich ganz sicher zurückkommen. „Bist Du bereit?" „Ja." „Auf geht´s!" Wir starteten unsere Reise. Ich schwamm vor, sie zuerst dicht hinter mir, dann eng neben mir. Ich wusste genau, an welchen Stellen wir tolle Fische sehen können. „Hier, eine Muräne", war das erste Highlight, das ich ihr zeigte. Eine richtig große Muräne war es, die auf Jagd war.

Muränen leben in Höhlen, Felsspalten und Korallenriffen und verlassen nur zur Jagd vollständig ihren Unterschlupf. Sie schwimmen mit schlängelnden Bewegungen ihres ganzen Körpers. Muränen sind standorttreu und suchen immer wieder das gleiche Versteck auf.

Größere Muränen haben mehrere Unterschlüpfe, die bis zu 200 m weit auseinander liegen. An Fütterung gewöhnte Muränen verändern ihr Verhalten und können Tauchern gegenüber aufdringlich werden, auf sie zuschwimmen und sogar nach ihnen schnappen. Bisswunden von Muränen schmerzen stark und heilen sehr schlecht. Die Blutung kommt nur sehr langsam zum Stillstand.

Quirina hatte Respekt und griff sicherheitshalber nach meiner Hand. Wie gerne ich ihr diese gab! Wir beobachteten die Muräne einige Meter unter uns, dann zogen wir weiter. „Und hier ein schöner Blaupunktrochen." Blaupunktrochen erreichen eine Körperlänge von bis zu 70 cm. Der kreisrunde, linsenförmige Körper ist stark abgeflacht. Sie verfügen über einen pfeilförmigen Schwanz, der nochmal so lang wie der Körper ist.

In diesem Schwanz sind 2 giftige Giftstachel untergebracht. Auf der gelblichen Oberseite der Tiere befinden sich blaue Punkte, die auf dem Schwanz in blaue Streifen übergehen. Zur Tarnung sind die Blaupunktrochen in der Lage, die Intensität der blauen Markierungen zu regulieren. Aber wunderschön sind diese Tiere. Quirina drückte meine Hand fest, aber sie war in sicheren Händen bei mir. Wir beobachteten den Rochen, bis er verschwand.

Ich zeigte auf die blaue Badeinsel, die etwa 400 m vom Strand mitten im Wasser stand. Dort kann man sich sonnen und ein wenig chillen. Quirina folgte mir und meinem Plan. Auf dem Weg dorthin sahen wir noch Tausende anderer schöner Fische. Das Highlight war eine Krake.

Wir stiegen aus dem Wasser und machten es uns auf der Badeinsel gemütlich. „Das war wunderschön", strahlte Quirina über beide Ohren. Sie legte sich neben mich und wir entspannten. Dabei lagen wir eng aneinander, sodass sich unsere Hände berührten. Sie griff vorsichtig zu, also hielten wir Händchen. Ich wusste: Ich hatte sie im Sack.

Sie hatten die Augen geschlossen, ich nicht. Während wir da lagen, betrachtete ich sie seitlich. Sie war wunderschön! Ihr Körper noch so mädchenhaft, sie war gerade dabei, zur Frau zu werden. Ein Teeny, so rein und unschuldig. Und gleichzeitig so sexy und erotisch. Ich musste aufpassen, keinen Steifen in der Bermuda zu bekommen.

„Sag mal, als Animateur finden Dich doch sicher ganz viele Mädels toll", sagte sie auf einmal. „Nun ja, schon einige", antwortete ich lässig. „Und hast Du dann auch was mit denen?" Eine heikle Frage. „Sagen wir es mal so: Einige Animateure suchen sich eine feste Freundin in den eigenen Reihen. Die wohnen dann zu zweit auf einem Zimmer.

Andere wollen sich nicht groß binden, aber ganz ohne Sex geht es natürlich auch nicht. Jeder lebt so, wie er es möchte." „Und wie lebst Du?" „Finde es heraus." Ja, der Womanizer hatte schon damals den verfickten Dreh heraus. Quirina wollte es herausfinden. Sie drehte sich seitlich in mich hinein, dann auf mich drauf. Dieses 19-jährige Mädel lag nun auf mir und guckte mir tief und verliebt in die Augen.

„Darf ich Dich küssen?", war ihre Frage. Ich gab ihr meine Antwort, indem ich sie küsste. Ganz zärtlich und vorsichtig auf den Mund. Das war es, was sie wollte. Quirina küsste mit und ging ins Knutschen über. Mit Zunge. I like it! Sie hielt meinen Kopf dabei und kraulte durch meine lockigen, nassen Haare. Etwa 10 Minuten knutschen wir so, bis wir ein paar lästige Stimmen hörten. Aha, auch andere Schnorchler waren nun unterwegs und wollten auf die Insel.

Ausgeschlafen, was? Sicherheitshalber beendete ich den Kuss und gab Quirina das Zeichen, für den Moment damit aufzuhören. Sie verstand. Als die Neuen unsere Plattform betraten, verließen wir sie.

Es ging zurück, aber über eine andere Route. Ich zeigte Quirina eine wundervolle Rifflandschaft an der Südseite, wo es viele Flötenfische gab. Flötenfische bzw. Flötenmäuler sind eine Gattung von Raubfischen, die zur Familie Fistulariidae in der Ordnung der Syngnathiformes gehören.

Ähnlich wie Trompetenfische zeichnen sie sich durch einen langen und schlanken Körper aus, der bis zu 170 cm lang werden kann. Auf Höhe der Augen weist der Körper eine Verdickung auf. Die Färbung reicht von Hellgrau bis zu sanften Blau- und Grüntönen. Zur Tarnung können die Fische Fleckenmuster annehmen.

Man findet Flötenfische auf küstennahen Riffterrassen und in Lagunen, wo sie meist in kleinen Gruppen anzutreffen sind. Sie ernähren sich von Fischen und Krebsen. Bei der Jagd lassen sie sich treibholzartig in die Nähe von Fischschwärmen treiben, um dann nach vorne zu schnellen und Beute zu machen.

Diese Flötenfische gefielen ihr wahnsinnig gut. Großes Highlight auf dem Rückweg war eine alte Schildkröte, die an uns vorbeischwamm. Sieht man auch nicht alle Tage. Ich wollte nicht am Hauptstrand vor allen Leuten aus dem Wasser, da wird man gleich von den Gästen erkannt, angesprochen, in Gespräche verwickelt und hat dann nichts mehr von seinem freien Tag.

Daher nutzte ich einen Seitausgang hinter einer Bucht, um mit Quirina wieder an Land bzw. an Strand zu gehen. „Das war wundervoll, danke für die mega Tour!", fiel sie mir um den Hals und küsste mich kurz auf den Mund. „Jetzt habe ich Hunger, kommst Du mit frühstücken?"

Ich erklärte ihr meine Bedenken bezüglich des dort unvermeidbaren Gästekontaktes an meinem freien Tag, sie verstand. „Aber ich lade Dich zu einem exklusiven Frühstück in mein Zimmer ein", schlug ich ihr dafür vor. „Ich eile in die Mitarbeiterküche und organisiere uns etwas Schönes. Dann können wir in aller Ruhe schön zusammen frühstücken." Sie war einverstanden.

Ich nannte ihr meine Zimmernummer, sie holte sich frische Sachen aus ihrem Zimmer, dann schleuste ich sie diskret bei mir ein. Ich hatte ein schönes Einzelzimmer mit Balkon und Sichtschutz nach hinten in die Wüste. Während sie sich in meinem Zimmer frisch duschte, rannte ich in die Küche und holte mir ein Tablett für 2. „Aha, der Herr organisiert wieder ein Frühstück für ein Mädel", grinste mich mein Kumpel, Koch Ramy, im brüchigen Deutsch an.

Recht hatte er, und Recht hatte auch ich, es so zu tun. Schnurstracks zischte ich wieder ab auf mein Zimmer. Als ich hereinkam, lief die Dusche noch. „Frühstück ist da!", rief ich ihr durch die Badtür zu. Schon hörte die Brause auf zu brausen. Kurz darauf öffnete sich die Tür.

Da stand sie: Quirina, die junge Göttin. In einem sexy, bauchfreien T-Shirt und einer Hot Pants, hochgeschnitten bis zur Pofalte. „Du siehst toll aus, sehr sexy", begutachtete ich sie. Ihre langen Haare waren nass und hingen ihr etwas ins Gesicht. Sie wischte sie weg und strahlte: „Danke." Auf meinem Balkon im 2. Stock waren wir ungestört.

Ich hatte mein Zimmer am Ende der Reihe, nach hinten schräg ausgerichtet in die Wüste hinein. Keiner konnte uns sehen. Hören ja, aber an meinem freien Tag hatten nicht viele andere Kollegen frei, also hatten wir doch gut unsere Ruhe, während die anderen arbeiteten.

Ich tischte als Butler auf und wir setzten uns gegenüber. Es gab Obst, Brot, Käse, Wurst, Butter, Marmelade, sogar Kuchen. Ich hatte es gut gemeint mit uns. Zum Trinken den orangen und den multivitaminen Saft zur Auswahl. Und natürlich 2 große Flaschen Wasser. Genüsslich haute sie rein und genoss die Zeit mit mir. Ich auch meine mit ihr.

Sie sah so jung und süß, so knackig aus. Ich hätte sie am liebsten auf der Stelle in der Luft gefickt! Sie aß mit guten Manieren und meinte zwischendurch immer wieder „Köstlich". Wie gesagt, sie saß mir gegenüber, in ihrer extrem kurzen Hose. Ich sah ihre ganzen Oberschenkel, bis hoch zur Hüfte schon. Dann machte sie eine Bewegung, die mir für einen kurzen Moment, dann für einen längeren Moment doch tatsächlich die Sicht auf ihr Paradies offenbarte.

Ich sah zwischen den Beinen Schamhaare blitzen. Braune. Sie hatte also welche! Die Quirina bemerkte meinen Blick in ihren Schoß und fragte irritiert: „Habe ich das was?" „Nein, aber ich sehe Deine Schamhaare, so wie Du gerade sitzt." „Echt jetzt?", staunte Quirina und lachte laut. „Bei der kurzen Hose, die Du trägst, kommt das schon mal vor."

„Ich habe extra die kürzeste Hose für Dich angezogen", war ihr genialer Konter. Ich war baff. „Und, gefällt Dir, was Du siehst?" Ich war baff hoch 2. „Ich sehe nicht viel hervorblinzeln, aber das, was ich sehe, gefällt mir äußerst gut. Vielleicht bekomme ich ja später noch mehr davon zu sehen, die ganze Schönheit sozusagen."

„Mal sehen, vielleicht", lächelte sie schüchtern, aber gleichzeitig versaut. Nun intensivierte sich der Blickkontakt. „Sag mal, wie viele Mädels haben schon hier mit Dir in diesem Bett gelegen?", wollte sie wissen und zeigte mit ihrem rechten Zeigefinger auf meine Puffecke. „Sag mal, bei wie vielen Animateuren warst Du schon auf dem Zimmer und hast mit ihnen gefrühstückt?", war die beste Retoure, die ich geben konnte.

Sie lachte. Ich auch. Frage umgangen. Gut. „Gefalle ich Dir?" „Ja, absolut", bestätigte ich. „Danke", grinste sie in sich hinein. Wir aßen weiter. „Und, hast Du für heute noch Pläne?" „Das hängt davon ab, ob ich im Anschluss an dieses Frühstück dieses gewisse Mehr von Dir noch zu sehen bekomme."

„Vielleicht", kicherte sie süß. „Ich überlege aber noch." „Wenn nein, dann würde ich bald Volleyball 2 gegen 2 spielen gehen und mich mal wieder so richtig austoben sportlich. Später noch einen Schnorcheltrip machen. Dann am Abend etwas essen und früh schlafen."

„Du planst also schon, den Tag alleine zu verbringen?", meinte sie traurig. „Nein, ich würde ihn sehr gerne mit Dir verbringen, aber das hängt ja auch von Dir ab, ob Du das möchtest oder nicht." Beruhigte ich sie. Sie schluckte und wischte sich eine Träne aus dem Gesicht.

Ich glaube, Quirina hatte sich voll in mich verliebt. Als wir fertig diniert hatten, stand ich auf, reckte und streckte mich, wanderte auf mein Bett zu und ließ mich showtechnisch darauf fallen. „Oh, das war gut", raunte ich.

„Köstlich, danke für das Frühstück." „Bist Du eigentlich alleine hier oder mit wem?" „Mein Vater ist hier, auch meine 2 Brüder." „Und Deine Mutter?" „Meine Eltern sind leider schon länger getrennt." „Tut mir leid." Er hat jetzt eine junge Stewardess." Witzig, dachte ich, genau wie Clubchef Uwe.
„Und, wie soll es jetzt weitergehen mit uns?", schaute
ich Quirina fragevoll an. „Du wolltest Dir überlegen, ob Du mir
mehr von Dir zeigen magst oder nicht. Hast Du Dich schon entschieden? Ich für mich würde jedenfalls wahnsinnig gerne mehr
von Dir sehen und auch den Tag weiter mit Dir verbringen."
Quirina stand auf und kam auf mich zu. Dann zog sie
sich ihr Shirt aus und stand oben ohne vor mir. Sie hatte perfekte Teeny-Brüste! „Gefällt Dir das?" „Ja, und wie! Du hast wunderschöne Brüste." „Reicht Dir das oder magst Du noch mehr
sehen?" Eine Frage, die keiner expliziten Antwort bedarf, und
doch gab ich ihr eine:
„Es reicht mir noch nicht. Ich möchte gerne noch mehr
von Dir sehen, wenn Du mir das zeigen magst." Brav griff sie
an ihre Short und ließ sie fallen. Da stand sie nun. Splitterfaser-
nackt. Vor mir. Nur für mich. Mein Blick wanderte runter, von
ihren Brüsten zu ihrer Scham.
Mein gutes Auge hatte mich nicht getrügt: Ein Scham-
haarstrich strahlte mich an. Er war nicht perfekt getrimmt, aber
wer erwartet das schon von einer 19-Jährigen? Ganz unschuldig
schaute sie mich an: „Gut so?" „Ja. Genau richtig. Drehst Du
Dich einmal für mich bitte?" Sie drehte sich. Wie eine Figur,
wie ein Maßwerk. Einmal um die eigene Achse
Ihr Po war perfekt. Einer der schönsten aller heiligen
Zeiten. Die Blühte blühte. Ab Mitte, Ende 30 verwelken sie ja
leider immer mehr. „Komm zu mir", sprach ich väterlich und
zog mir mein Shirt aus. Ich hatte nur noch eine Shorts an, mit
einer Beule. Die kleine Honigbiene krabbelte zu mir und legte
sich auf mich. „Ui, ganz schön hart", grinste sie.
„Meinst Du mein Sixpack?", fragte ich Quirina frech
und spannte meinen Bauch an. „Der auch, aber ich meinte etwas
tiefer." Sie schaute mich so verliebt an und küsste mich. Ich
knutschte zurück. So lagen wir da und küssten uns scharf. Ich
hielt sie fest, umklammerte und knetete ihren perfekten Po.

Sie glitt in eine Genießertrance und genoss unsere Nähe. „Hast Du Lust auf mehr?“, hauchte ich ihr ins Ohr. „Ja“, hauchte sie zurück und zog mir meine Hose aus. Da schoss er hoch, der Knüppel. Knüppel aus dem Sack! Sie lag immer noch auf mir, zwischen uns war jetzt nur noch mein Dong. Und der konnte so einiges mit ihr anstellen.

Ich schob sie sanft runter von mir und legte mich nun auf sie. Das gefiel ihr. Ich küsste sie von oben und streichelte ihren ganzen Kopf. Dann küsste ich tiefer, ihren Hals, der sehr empfindlich war. Weiter tiefer, bis ich ihre Brustwarzen in meinem Mund hatte. Ich küsste sie und lutschte an ihnen, bis sie verdammt hart waren.

Quirina atmete immer lauter und hektischer. Ich wanderte weiter tiefer. Küsste und liebkoste ihren wunderschönen Bauch. Weiter tiefer, über ihre Schamhaare, bis ich die Weggabelung von Schamlippen und Klitoris erreichte. Als schon damals exzellenter Lecker wollte ich sie nun lecken. Bevor ich dies aber tun konnte, drückte sie mich weg.

„Das geht mir zu schnell. Mach nicht mit dem Mund, sondern mit den Fingern bitte, das darfst Du.“ Na gut, na schön. Alright. Ich streichelte nochmal von ihren Brüsten runter über ihren Bauch hin zu ihrem Venushügel. Dann erreichte ich ihre Schamlippen und ihre Clit. Tief atmete sie, als ich diese anfing zu stimulieren.

Da diese Quirina nicht die erste Frau in meinem Bett war, wusste ich genau, was zu tun ist. Zärtlich, dann etwas wilder spielte ich mit ihrer Stecknadel. Die Hübsche genoss und stöhnte immer lauter, bis sie plötzlich kam. Sie zerriss mit ihren kleinen Händen fast das Betttuch, so verkeilte sie sich darin. Nach ihrem Orgasmus öffnete sie ihre Augen, strahlte mich an, zog mich zu sich runter, küsste mich und sagte „Danke“.

„Das habe ich gerne getan, meine Süße.“ Kuss meinerseits. „Wenn Du magst, verwöhne ich jetzt Dich“, schäkerte sie. „Gerne“, legte ich mich auf den Rücken und wartete ab. Quirina band sich schnell die Haare hoch, dann legte sie sich auf mich. Oberkörper auf Oberkörper. Sie knutschte mich. Ich knutschte zurück. So lagen wir da und küssten uns scharf. Ich hielt sie fest, umklammerte und knetete ihren perfekten Po.

Sie küsste mich von oben und streichelte meinen ganzen Kopf. Dann küsste sie tiefer, meinen Hals, der sehr empfindlich ist. Weiter tiefer, bis sie meine Brustwarzen im Mund hatte. Sie wanderte weiter tiefer. Küsste und liebkoste meinen wunderschönen Bauch. Weiter tiefer, bis sie meinen Penis erreichte. Bevor sie ihn aber in den Mund nehmen konnte, was sie wollte, drückte ich sie weg. „Das geht mir zu schnell. Mach nicht mit dem Mund, sondern mit der Hand bitte, das darfst Du." Sie schaute mich mit großen Augen an: „Das ist doch nicht Dein Ernst. Du magst keinen Blowjob?" „Doch, schon, aber ich musste es einfach sagen. Dein Gesichtsausdruck war zu köstlich gerade." „Magst Du jetzt mit dem Mund, oder nicht?"

„Na klar, aber mach es diesmal mit der Hand. Mit dem Mund dann gerne im zweiten Schritt, so wie ich bei Dir dann."

Quirina streichelte nochmal von meiner Brust runter über meinen Bauch hin zu meinem stehenden Penis. Tief atmete ich, als sie diesen berührte und stimulierte.

Da ich nicht der erste Mann in ihren Händen war, wusste sie genau, was zu tun ist. Zärtlich, dann etwas wilder startete sie die manuelle Masturbation via Hand. Sie hatte einen perfekten Grip und wichste fantastisch. Daher dauerte es auch nicht lange, bis ich kam. Mein Orgasmus war ein Spektakel. Optisch wie innerlich. Meine Spermamenge und -dynamik beeindruckte sie, das sah ich ihr an.

Als sie fertig und ich alle war, lagen wir Arm in Arm nackt im Bett und hielten uns einfach nur fest. Das ganze Sperma an ihren Händen und auf meiner Brust war ihr egal. Mir auch. Es war einfach nur schön. „Magst Du jetzt noch Volleyball spielen?", fragte sie mich. „Nein, null Bock. Viel lieber bin ich hier mit Dir." Sie küsste mich. Nach ein paar Minuten Ruhe fragte sie mich:

„Du, Süßer, kannst Du das von eben nochmal machen?" Ich legte los. Ich legte mich auf sie, küsste sie von oben und streichelte ihren Kopf. Dann küsste ich tiefer, ihren Hals, der sehr empfindlich war. Weiter tiefer, bis ich ihre Brustwarzen im Mund hatte. Ich küsste sie und lutschte an ihnen, bis sie wieder verdammt hart waren.

Quirina atmete immer lauter und hektischer. Ich wanderte weiter tiefer. Küsste und liebkoste ihren wunderschönen Bauch. Weiter tiefer, über ihre Schamhaare, bis ich die Weggabelung von Schamlippen und Klitoris erreichte. Als schon damals exzellenter Lecker wollte ich sie nun endlich lecken. Bevor ich dies aber tun konnte, drückte sie mich erneut weg.

„Das geht mir immer noch zu schnell. Mach bitte mit den Fingern wieder." Na gut, na schön. Alright. Ich streichelte nochmal von ihren Brüsten runter über ihren Bauch hin zu ihrem Venushügel. Dann erreichte ich ihre Schamlippen und ihre Clit. Tief atmete sie, als ich diese anfing zu stimulieren.

Da Quirina nicht die erste Frau in meinem Bett war, wusste ich genau, was auch diesmal zu tun ist. Zärtlich, dann etwas wilder spielte ich mit ihrer Stecknadel. Die Hübsche genoss und stöhnte immer lauter, bis sie kam. Sie zerriss mit ihren kleinen Händen fast das bereits lädierte Betttuch, so verkeilte sie sich darin. Nach ihrem Orgasmus öffnete sie ihre niedlichen Augen, strahlte mich an, zog mich zu sich runter, küsste mich und sagte „Danke".

„Das habe ich gerne getan, meine Süße." Kuss meinerseits. „Wenn Du magst, verwöhne ich Dich jetzt auch nochmal", schäkerte sie. „Gerne", legte ich mich auf den Rücken und wartete ab. Quirina band sich die Haare nochmal fest hoch, dann legte sie sich auf mich. Oberkörper auf Oberkörper. Quirina knutschte mich. Ich hielt sie fest, umklammerte und knetete ihren perfekten Po.

Sie küsste mich von oben und streichelte meinen ganzen Kopf. Dann küsste sie tiefer, meinen Hals, der sehr empfindlich ist. Weiter tiefer, bis sie meine Brustwarzen im Mund hatte. Sie wanderte weiter tiefer. Küsste und liebkoste meinen wunderschönen Bauch. Weiter tiefer, bis sie meinen Penis erreichte. Bevor sie ihn in den Mund nehmen konnte, was sie auch diesmal wollte, drückte ich sie wieder weg.

„Das geht auch mir noch zu schnell. Mach bitte mit der Hand." Sie schaute mich mit großen Augen an: „Das ist doch nicht Dein Ernst. Du magst jetzt echt keinen Blowjob?" „Doch, schon, aber ich musste es einfach sagen. Dein Gesichtsausdruck war zu köstlich gerade. Hättest Du sehen sollen."

„Magst Du jetzt mit dem Mund, oder nicht?" „Na klar mag ich einen Blowjob von Dir, aber mach es diesmal nochmal mit der Hand. Mit Mund dann im nächsten Schritt." Na gut, na schön. Sie streichelte nochmal von meiner Brust runter über meinen Bauch hin zu meinem bereits bereitem Penis. Tief atmete ich, als sie diesen berührte und stimulierte.

Da ich nicht der erste Mann in ihren Händen war, wusste sie genau, was zu tun ist. Zärtlich, dann etwas wilder startete sie die manuelle Masturbation via Hand. Diesmal war es die andere Hand. Sie hatte auch hier einen perfekten Grip, diesmal etwas leichter als vorhin. Sie wichste fantastisch.

Daher dauerte es auch nicht lange, bis ich kam. Mein Orgasmus war ein Spektakel. Meine Spermamenge und -dynamik beeindruckten Quirina sehr. „Wahnsinn, was da alles rauskommt", kicherte sie während ich abspritzte und sie brav weiterschüttelte, bis ich komplett aus und fertig war.

Das Sperma an ihren Händen und auf meiner Brust war ihr egal. Mir aber auch. Es war einfach nur schön. Irgendwann schlug ich eine gemeinsame Dusche vor, die wir auch nahmen. Ich schaute auf die Uhr: es war mittags. „Hast Du Lust auf einen Ausflug nach Makadi?", fragte ich sie spontan. „Ja, gerne." „Ich organisiere uns einen Wagen, wir treffen uns in einer halben Stunde im Hinterhof. Sei bitte pünktlich."

Wir düsten 20 Minuten rüber nach Makadi Beach. Ein schöner Ort. Ich kannte dort ein paar Leute, schließlich war ich schon ein paar Mal da gewesen. Entweder alleine oder mit anderen Mädels. Wir spielten Billard, rauchten Shisha, hörten Live-Musik und hatten einen tollen Tag.

Gegen 16:30 Uhr setzten wir uns zu einem Italiener für eine Pizza. Die kostete nur 5 Euro pro Person. Schmeckte aber lecker. Danach fuhren wir zurück in den Club. „Hast Du Lust auf den Sonnenuntergang?" Sie schaute mich schmachtend an.

Aber nicht am Clubstrand natürlich. Ich parkte den Wagen 2 km vor dem Gelände und kannte dort einen tollen Spot. Wir setzten uns in den weißen Sand und waren einfach nur happy. Langsam aber sicher wurde der Tag Abend und die Sonne verschwand vom Horizont. Ich hielt sie fest in meinem sportlichen Arm und küsste sie.

Romantic it was. Dann zurück zum Club. „Darf ich noch mit zu Dir?", fragte sie süß. „Klar, komm." Zurück in meinem Zimmer erwartete mich eine Überraschung: Ich war gerade kurz auf Toilette gewesen, kam zurück in den Raum, da lag die Maus nackt auf meinem Bett.

„Los, komm!" Ich kam. Zuerst zu ihr ins Bett. Schnell, aber ganz schnell war auch ich nackt. Ich legte mich auf sie, küsste sie von oben und streichelte ihren Kopf. Dann küsste ich tiefer, ihren Hals, der sehr empfindlich war. Weiter tiefer, bis ich ihre Brustwarzen im Mund hatte. Ich küsste sie und lutschte an ihnen, bis sie verdammt hart waren.

Quirina atmete immer lauter und hektischer. Ich wanderte weiter tiefer. Küsste und liebkoste ihren wunderschönen Bauch. Weiter tiefer, über ihre Schamhaare, bis ich die Weggabelung von Schamlippen und Klitoris erreichte. Nun aber wollte ich sie endlich lecken. Dritter Versuch. Bevor ich dies tun konnte, drückte sie mich erneut weg.

„Du, Sorry, das geht mir immer noch zu schnell, Süßer. Mach nochmal mit den Fingern bitte. Ich denke, morgen bin ich dann soweit dafür." Na gut, na schön. Ich streichelte nochmal von ihren Brüsten runter über ihren Bauch hin zu ihrem Venushügel. Dann erreichte ich ihre Schamlippen und ihre Clit. Tief atmete sie, als ich diese anfing zu stimulieren.

Da Quirina nicht die erste Frau in meinem Bett war, auch nicht in diesem, wusste ich genau, was zu tun ist, um sie glücklich zu gestalten. Zärtlich, dann wilder spielte ich mit ihrer Stecknadel. Die Hübsche genoss es und stöhnte immer lauter, bis sie bald kam. Sie zerriss mit ihren kleinen Händen fast unser aller Betttuch, so verkeilte sie sich darin. Nach ihrem Orgasmus öffnete sie ihre Augen, strahlte mich an, zog mich zu sich runter, küsste mich und sagte artig „Danke".

„Das habe ich gerne getan." Kuss. „Wenn Du magst, verwöhne ich jetzt Dich", schäkerte sie mich an. „Gerne", legte ich mich auf den Rücken und wartete ab. Quirina band sich die Haare fest hoch, dann legte sie sich auf mich. Oberkörper auf Oberkörper. Wir knutschten. Ich hielt sie fest, umklammerte und knetete ihren perfekten Po. Sie küsste mich von oben und streichelte meinen ganzen Kopf.

Dann küsste sie tiefer, meinen Hals, der sehr empfindlich ist. Weiter tiefer, bis sie meine Brustwarzen im Mund hatte. Sie wanderte weiter tiefer. Küsste und liebkoste meinen wunderschönen Bauch. Weiter tiefer, bis sie meinen Penis erreichte. Bevor sie ihn in den Mund nehmen konnte, und das wollte sie sowas von, drückte ich sie weg.

„Das geht auch mir noch zu schnell, Sorry. Mach bitte mit der Hand, morgen dann mit dem Mund, okay?" Sie schaute mich mit großen Augen an: „Echt? Du verzichtest auch diesmal auf den Blowjob?" „Ganz ungern, um ehrlich zu sein, aber ich musste es einfach tun. Dein Gesichtsausdruck war zu köstlich gerade. Hättest Du sehen sollen." Wir lachten uns krank.

Sie streichelte nochmal von meiner Brust runter über meinen Bauch zu meinem bereits bereitem Glied. Tief atmete ich, als sie es berührte und stimulierte. Obwohl ich nicht der allererste Mann in ihren Händen war, allerdings der erste in meinem diesem Bett für sie, wusste sie genau, was zu tun ist. Zärtlich, dann etwas klarer startete sie die manuelle Masturbation via Hand. Perfekter Grip, perfekter Wichs. Schon wieder. Eine Traummaus!

Daher dauerte es auch diesmal nicht lange, bis ich kam. Mein Orgasmus war das dritte Spektakel. Optisch wie innerlich. Meine Spermamenge und -dynamik beeindruckten sie. „Wahnsinn, schon wieder kommst Du so kräftig", kicherte sie während ich abspritzte und sie brav weiterschüttelte, bis ich komplett aus und verbraucht war.

„Liegt an Dir, Du machst es einfach toll. Wenn Du genauso gut blasen kannst wie wichsen, dann bläst Du mich noch in den Himmel." „Lass Dich überraschen", schaute sie an die Decke gen Himmel. „Magst Du heute Nacht bei mir bleiben?" Fragte ich sie. „Wenn ich darf." „Ja, Du darfst." „Kein anderes Mädel, mit der Du heute Nacht noch verabredet bist?" „Komm schon, provoziere mich nicht", kniff ich sie in den Hintern.

„Ich muss morgen um 8 Uhr auf. Um 9 ist Teammeeting. Wenn Du davor noch kuscheln magst, was ich hoffe, dann sollte ich den Wecker auf 7:30 Uhr stellen." „Cool, einverstanden." Wir schauten noch fern, bis wir Arm in Arm einschliefen. Der Wecker klingelte.

Ich wurde wach und machte mich schnell im Bad frisch. Dann sie. Doch leider klirrte unerwartet das Telefon. Es war Clubchef Uwe. Er bat mich, eine halbe Stunde eher zu kommen, da ein Promi am Nachmittag anreiste, der ein besonderes Treatment verlangte. Ich sollte dafür die Verantwortung übernehmen.

„Sorry", teilte ich meiner Maus mit, „das war gerade ein Befehl, dass ich eher da sein muss. Wegen einer Spezialaktion. Ein Promi kommt heute hier an. Ich soll mich um alles kümmern. Wir hätten jetzt gerade noch 10 Minuten, aber dann muss ich los. Sorry." „Nicht Deine Schuld. Dann verschieben wir das Kuscheln auf später, ja?"

„Ja, ich habe aber erst am Abend Zeit. So zwischen 18:30 und 20 Uhr. Davor bin ich dicht. Wenn Du 18:30 bei mir bist, haben wir abzüglich Duschen und Frischmachen für den Abend eine gute Stunde für uns." „Perfekt", grinste sie. „Aber ich lass Dich nicht einfach so gehen jetzt. Für einen schnellen Handjob reicht es doch noch, oder?"

Aber sicher! Sie legte sich neben mich und legte ihren Kopf auf meine Brust. Mit Rechts umfasste sie meinen schlaffen Penis und machte ihn in 2 Minuten sowas von steif. Viel Zeit für Erotik und Zärtlichkeit war nicht. Hier ging es einfach mechanisch ums Abmelken. Und trotzdem geschah dies mit unglaublich viel Leidenschaft und Talent.

Nach viereinhalb Minuten kam ich. „Ja, schön", stöhnte sie, während ich zuckte und mich entstresste. „Dein Penis fühlt sich so gut in meiner Hand an", küsste sie mich. „Deine Hand fühlt sich so gut um meinen Penis an", küsste ich sie. Ich zeigte ihr den sicheren Weg raus und flitzte zum Chef, den Vater von Quirina, was ich aber noch nicht wusste.

Uwe war sehr aufgeregt, denn es war wirklich ein Big Name, der spontan kam. Aus datenschutztechnischen Gründen bleibt der Name hier geheim. Aber so viel: Ein absoluter Top-Sportler und ehemaliger Box-Weltmeister.

Mit einem Bruder, der ebenfalls Weltmeister im Boxen war und dann in die Politik ging. Uwe und ich planten den genauen Ablauf und stellten einige gute Leute aus unseren Reihen bereit. Der Tag verlief klasse. Der Promimann war genauso nett wie groß.

Um 18:30 Uhr war alles in sicheren Händen, und glücklich, wenn auch erschöpft marschierte ich in Richtung meines Zimmers. Quirina wartete an einem unauffälligen Ort auf mich, wie vereinbart, und ich schleppte sie die letzten 50 m in mein Zimmer ab.

„So, wir haben 1 Stunde für uns, meine Süße. Ich dusche noch schnell, dann bin ich bei Dir im Bett." Gesagt, geduscht. Im Bett kuschelten wir. Ich legte mich auf sie, küsste sie von oben und streichelte ihren Kopf. Dann küsste ich tiefer, ihren Hals, der sehr empfindlich war. Weiter tiefer, bis ich ihre Brustwarzen im Mund hatte. Ich küsste sie und lutschte an ihnen, bis sie verdammt hart waren.

Quirina atmete immer lauter und hektischer. Ich wanderte weiter tiefer. Küsste und liebkoste ihren wunderschönen Bauch. Weiter tiefer, über ihre Schamhaare, bis ich die Weggabelung von Schamlippen und Klitoris erreichte. Nun aber wollte ich sie endlich lecken. Endlich lecken. LECKEN!! Vierter Versuch. Bevor ich dies aber tun konnte, drückte sie mich doch tatsächlich erneut weg.

„Das geht mir doch noch zu schnell, Süßer. Entschuldige bitte. Mach mit den Fingern. Ich denke, morgen bin ich soweit." Ich schaute entsetzt auf: „Ist das Dein Ernst? Ich hatte mich schon so darauf gefreut." „Verarsche! Ich habe Dich auf den Arm genommen. Heute bin ich soweit, Du darfst." YEAH!

Ich streichelte nochmal von ihren Brüsten runter über ihren Bauch zu ihrem Venushügel. Mit Fingern und mit Zunge. Dann erreichte ich ihre Schamlippen und ihre Clit. Tief atmete sie, als ich diese anfing zu stimulieren. Zuerst mit meinem Zeigefinger, dann mit meiner Mittelzunge.

Da Quirinas Pussy nicht die erste in meinem Mund war, wusste ich genau, was zu tun ist, um sie glücklich zu machen. Zärtlich, dann etwas wilder spielte ich züngelnd und saugend mit ihrer Stecknadel. Die Hübsche genoss es und stöhnte immer lauter, bis sie kam.

Sie zerriss mit ihren kleinen Händen nun endgültig das arme Betttuch. Ich leckte, saugte und lutschte weiter, während sie gleich noch einen zweiten Orgasmus hinterher erlebte. Und ich glaube, auch noch einen dritten.

Danach öffnete sie ihre Augen, strahlte mich an, zog mich zu sich runter, küsste mich und sagte verliebt „Danke". „Hey, das habe ich doch voll gern getan, Süße." Kuss meinerseits. „Wenn Du magst, verwöhne ich jetzt Dich", schäkerte sie.

„Gerne", legte ich mich auf den Rücken und wartete ab. Quirina band sich ihre langen Haare hoch, dann legte sie sich auf mich. Oberkörper auf Oberkörper. Sie knutschte mich. Ich hielt sie fest, umklammerte und knetete ihren perfekten Po. Sie küsste mich von oben und streichelte meinen ganzen Kopf. Dann küsste sie tiefer, meinen Hals, der sehr empfindlich ist. Weiter tiefer, bis sie meine Brustwarzen im Mund hatte. Sie wanderte weiter tiefer. Küsste und liebkoste meinen wunderschönen Bauch. Weiter tiefer, bis sie meinen Penis erreichte. Bevor sie ihn in den Mund nehmen konnte, und das war ihr verdammter Plan, drückte ich sie weg.

„Das geht mir doch noch zu schnell, Süße. Sorry. Mach bitte mit der Hand, morgen dann mit Mund, okay?" Sie schaute mich mit großen Augen an: „Hä? Du willst echt nicht, dass ich Dir einen blase? Was habe ich falsch gemacht?" „Verarsche! Ich habe Dich auf den Arm genommen. Natürlich möchte ich! Ich kann es kaum erwarten, Süße." Wir lachten uns krank.

Sie streichelte und küsste nochmal von meiner Brust runter über meinen Bauch hin zu meinem bereits bereitem Penis. Tief atmete ich, als sie ihn mit ihrer Zunge berührte, umkreiste und dann in den Mund nahm. Da ich sicher nicht der erste Dong in ihren Mund war, wusste sie genau, was zu tun ist.

Zärtlich, dann klarer und direkter blies sie mir einen, mit Handunterstützung. Genauso, wie ich es schon immer liebte und bis heute liebe. Perfekter Grip, perfekter Blow. Daher dauerte es nicht lange, bis ich kam. Mein Orgasmus war ein Feuerwerk.

Meine Spermamenge und -dynamik beeindruckten sie sehr. Ich kam in ihren Mund, aber ich war zu viel für sie. Sie schluckte was sie konnte, doch ließ einiges aus dem Mund über ihre Hand und meinen Schwanz hinauslaufen. Die Quirina hatte mich tatsächlich in den siebten Himmel geblasen. Wir kuschelten noch, bis ich wieder los musste. Wir verbrachten wieder die Nacht gemeinsam.

Und wiederholten vor dem Schlafengehen unser Heavy Petting mit Mundeinsatz. Ich hatte noch 2 Tage mit Quirina, ehe sie abreiste. Wir hatten jeweils Sex in meiner Mittagspause und abends bzw. nachts vor dem Einschlafen. „Ich möchte so gerne mit Dir schlafen, aber das dann in Ruhe beim nächsten Mal. In 6 Wochen bin ich wieder da. Kannst Du so lange auf mich warten?" Was blieb mir denn anderes übrig? Ich musste ihr versprechen, bis dahin kein anderes Mädel zu beglücken. Lüge. Sie verabschiedete sich tränenreich. Am übernächsten Abend fickte ich bereits die neue Kollegin Svenja. Doch ein Wiedersehen mit Quirina gab es leider nicht. Denn Uwe verstarb urplötzlich. Tod. Herzversagen.

5 Tage nach Quirinas Abreise ereilte uns der krasse Leichenschock. Uwe kam zum morgendlichen Abteilungsleiter-Meeting nicht. Sein Vize rief ihn im Zimmer an, keine Reaktion. Wir warteten kurz. Er kam nicht. Wir starteten das Meeting ohne ihn. Gleichzeitig lief Chefsekretärin Dörthe los, um bei Uwe zu klopfen. Doch er öffnete nicht.

Sie öffneten die Tür mit Schlüssel Nummer 2 und musste ein grausiges Bild sehen: Uwe lag auf dem Fußboden und bewegte sich nicht. Er hatte noch die schicken Klamotten vom Vorabend an. Wir riefen sofort den Clubarzt, doch dieser stellte nur noch Uwes Tod fest. Nach genaueren Untersuchungen wurde der vermutliche Todeszeitpunkt auf 22:45 Uhr datiert.

Er musste also auf sein Zimmer gekommen sein und dann muss ihn die Herzattacke erwischt haben, und zwar so heftig, dass er keine Hilfe mehr rufen konnte. Er schlug mit dem Schädel auf eine Schrankkante auf, das gab ihm den Rest. Es war ein ganz düsterer Tag für uns alle. Doch der Animationsbetrieb musste weitergehen. Action! Entertainment! Spaß! Spiel! Gute Laune! Wie brutal doch diese Welt ist.

Ferdi, der Vize-Clubchef, übernahm erstmal alle Aufgaben von Uwe. Mich traf Uwes Tod hart, denn er war wirklich ein ganz Netter. Ein Guter. Er war wie ein Vater, ein Freund für mich geworden. Er mochte mich sehr. Genauso ich ihn. Sein Verlust schmerzte sehr. Am Abend erhielt ich eine traurige Mail von Quirina, in der sie schrieb, dass ihr Vater gestorben sei.

Ich wünschte ihr herzliches Beileid und meinte, auch hier im Club sei gerade ein guter Freund von mir gestorben, Clubchef Uwe. Die nächste Mail, die ich von ihr bekam, haute mir den Boden unter den Füßen weg: „Der Uwe ist mein geliebter Papa gewesen." Was?? Ich hatte Sex mit der Tochter meines ehemaligen Chefs? Krass. Wie geil! Die Trauer überfüllte mich. Zum einen, weil Uwe weg war, zum anderen, weil mir Quirina schrieb, dass sie unter diesen Umständen vorerst natürlich nicht mehr in den Club zu Besuch kommen könne. Da Uwe und Ferdi sich gar nicht gut verstanden, aber zusammenarbeiten mussten, blockierte Ferdi nun Uwes Familie. Die waren hier nicht mehr willkommen. So ein mieses Drecksschwein!

Ich versprach Quirina, dass wir uns ganz sicher wiedersehen würden. Taten wir auch bei meinem nächsten Deutschland-Besuch 4 Monate später. Sie reiste extra 150 km an zu mir, doch sie war nicht mehr dieselbe. Quirina war anders geworden. Der Tod von Uwe hatte sie gezeichnet. Sie war in den 4 Monaten um 4 Jahre gealtert. Sie hatte ihre Jugendlichkeit verloren.

Wir verbrachten 2 Tage und 2 Nächte gemeinsam, hatten Sex, schliefen auch endlich miteinander, aber das lodernde Feuer war weg. Obwohl sie mehr von mir wollte, wollte ich das nicht mehr. Als ich zurück in den Club flog, war mir klar, dass ich Quirina zum letzten Mal gesehen hatte. Ich ließ den Kontakt auslaufen, das war's.

Buch-Tipps vom *Womanizer*

The Womanizer
Ich, der Fremdgeher 1
Die Abenteuer des Womanizers

Sex, Erotik, Liebe, Lust & Leidenschaft – dies ist die spannende Geschichte, die Autobiografie des Womanizers, eines Mannes, der seinem Leben keine Grenzen setzt und sich alle sexuellen Wünsche und Träume erfüllt.

Obwohl er glücklich in einer Beziehung mit seiner Freundin Andrea ist, die er auch wirklich liebt, gönnt er sich alle Freiheiten, um das zu genießen, wovon andere Männer nur träumen. Er erlebt fantastische Abenteuer ebenso wie böse Reinfälle, heiße Affären, Sex mit 3 Frauen gleichzeitig, Erpressung, Glück und Leid in Beziehung und One Night Stands.

Erfahren Sie mehr über den Mann hinter der geheimnisvollen Womanizer-Maske und sein Leben. Fantasien werden Wirklichkeit, Wünsche wahr. „Ich, der Fremdgeher 1" ist ein hochexplosives und spannendes Werk, das den Leser fesselt, anregt und erregt. 63 Kapitel voller Sex, Lust und Leidenschaft. 200 Seiten pure Erotik.

Doch auch Schuld und Moral spielen eine Rolle. Immer wieder hinterfragt er sein schändliches Treiben und will seiner Freundin treu bleiben, doch die Lust ist zu groß und die weiblichen Reize sind zu stark ... und so stürzt er sich in das nächste Abenteuer. Ein Buch, über das Sie noch lange sprechen werden!

ISBN 978-3-8423-2186-1
Books on Demand

Buch-Tipps vom Womanizer

The Womanizer
Ich, der Fremdgeher 2
Neue Abenteuer des Womanizers

Dies ist Teil 2, die prickelnde Fortsetzung der spannenden Lebensgeschichte des Womanizers, eines Mannes, der seinem Dasein keinerlei Grenzen setzt und sich all seine sexuellen Wünsche und Träume erfüllt.

Obwohl er mittlerweile glücklich verheiratet und stolzer Vater eines Sohnes ist, gönnt er sich die Freiheiten, um das zu genießen, wovon andere Männer nur träumen. Er erlebt fantastische Abenteuer ebenso wie böse Reinfälle, heiße Affären, Glück und Leid in Beziehung und One Night Stands.

Erfahren Sie alles über den Mann hinter der Womanizer-Maske und sein geniales Leben. Fantasien werden Wirklichkeit, Wünsche wahr. „Ich, der Fremdgeher 2" ist ein explosives und reizvolles Werk, das den Leser fesselt, anregt und erregt. 35 Kapitel voller Sex, Liebe und Leidenschaft, 200 Seiten pure Erotik, das ist die fantastische Welt des Womanizers.

Doch auch Schuld und Moral spielen eine Rolle. Immer wieder hinterfragt er sein Treiben und will seiner Ehefrau Andrea treu bleiben, doch die Lust ist zu groß und die weiblichen Reize sind zu stark ... und so stürzt er sich in das nächste Abenteuer.

Die fantastische Fortsetzung von „Ich, der Fremdgeher 1". Ein Buch, das Sie nicht mehr loslassen wird, denn tief in Ihnen stecken auch der Trieb, die Lust und die Gier auf Erfüllung all Ihrer sexuellen Wünsche und Fantasien.

ISBN 978-3-8448-7446-4
Books on Demand

Buch-Tipps vom *Womanizer*

The Womanizer
Ich, der Fremdgeher 3
Die letzten Geheimnisse des Womanizers

Dies ist Teil 3 der spannenden Biografie über das einzigartige Leben und Wirken des Womanizers, eines Mannes, der sich, trotz hübscher Ehefrau und zweier wundervoller Kinder, außertourlich all seine sexuellen Wünsche und Träume erfüllt. Dabei erlebt er das, wovon andere Männer nur träumen.

Diesmal: Sex mit den blutjungen Animateurinnen Grit & Hanna, krasse Abenteuer in der Glory Hole Bar, eine heiße Romanze mit PR-Marketing-Lady Ella, der fantastische Vierer mit den US-Girls Chloe, Madison und Stella, Kindermädchen Magdalena auf Extratour, Erotikmassagen der göttlichen Luisa, Jugenderinnerungen an Raliza, Techtelmechtel mit Praktikantin Aiko, Reinfall mit Frauke, Oh Julia, Andreas geheime Kiste, Ü-50erin Sabrina, Playboy-Lifestyle mit den Hostessen Torrie und Whitney, die scharfe Kerstin, und vieles mehr.

„Ich, der Fremdgeher 3" ist ein explosives und reizvolles Werk, das den Leser fesselt, anregt und erregt. 34 Kapitel voller Sex, Liebe und Leidenschaft, 200 Seiten pure Erotik, das ist die extravagante Welt des Womanizers.

Die geile Fortsetzung von „Ich, der Fremdgeher 1 & 2". Ein Buch, das Sie nicht mehr loslassen wird, denn tief in Ihnen stecken auch der Trieb, die Lust und die Gier auf Erfüllung all Ihrer sexuellen Fantasien.

ISBN 978-3-7460-1524-8
Books on Demand

Buch-Tipps vom Womanizer

The Womanizer
Ich, der Fremdgeher 4
Kostbare Perlen des Womanizers

Mein Leben ist ein Traum! Attraktiv, gesund, glücklich verheiratet, Vater zweier wundervoller Kids, erfolgreicher Businessmann, Top-Verdiener, dazu Dauergast in Betten hübscher Ladies. Das bin ich, der Womanizer!

In meiner Bestseller-Biografie „Ich, der Fremdgeher" haben Sie in den Teilen 1-3 alles über mich, mein Leben, meine Fantasien und meine Taten erfahren. Mein Wirken auf der Überholspur ist grandios. Alle Männer wären gerne wie ich. Über 1.500 Frauen habe ich im Bett gehabt, und es werden immer noch mehr. Ich weiß, mit welchen Tricks ich geile Frauen um den Finger wickeln muss, um von ihnen das zu bekommen, was ich möchte: Sex! Und genauso weiß ich, mit welchen Schlichen ich das alles meiner Gattin Andrea verheimlichen kann.

Für Band 4 habe ich in meiner Schatzkiste gegraben und präsentiere kostbare Perlen des Womanizers: Bezaubernde Damen, mit denen ich heiße Stunden, Tage oder mehr erlebt habe. Von meinen wilden 20ern bis jetzt Anfang 40 habe ich eine knisternde Auswahl zusammengestellt, die Lust auf mehr macht.

Möge mein Lebensstil Sie beflügeln, Ihnen Mut schenken, Sie anspornen, es mir gleich zu tun. Denn Frauen sind dazu da, gevögelt zu werden und den Mann sexuell glücklich zu machen. Nutzen Sie Ihren Schwanz und geben Sie ihm das, was er nun mal braucht: eine hübsche Lady nach der anderen! Ich wünsche Ihnen viel Lese-Spaß mit meinen kostbarsten Perlen, von geilen One Night Stands bis hin zu Sex mit 3 girls on fire. Und vieles, vieles mehr!

ISBN 978-3-7481-4685-8
Books on Demand

Buch-Tipps vom *Womanizer*

The Womanizer
Ich, der Fremdgeher 5
Heroische Erlebnisse des Womanizers

Heroische Erlebnisse sind es, die ich Ihnen diesmal präsentiere. Dies ist der 5. Band meiner Reihe „Ich, der Fremdgeher". Und immer noch gibt es spannendes Neues zu berichten, der Stoff geht mir nie aus. Wetten sind etwas Geiles, denn mit ihnen kann man Frauen gewinnen und gefügig machen. Auch MILF (Mothers I´d like to fuck) sind etwas Besonderes, da sie meist doppelt hot sind auf ein sündhaftes Abenteuer. Diese beiden Themen bilden den Schwerpunkt dieses Werkes.

Ich bin der legendäre Womanizer. Ach, was habe ich schon gevögelt in meinem Leben! Über 1.500 Ladies sind es bisher, und es werden weiter mehr. Die 2.000 sind knackbar! Und auf welche schönen Momente ich zurückblicken kann: Viele Highlights davon haben Sie bereits gelesen, andere erfahren Sie nun.

Trotz hübscher Gattin und glücklichem Vatersein ist Leben für mich mehr als Familie: Leben ist für mich SEX! Abenteuer! Lust! Trieb! Leidenschaft und Liebe! One Night Stands! Spaß haben und alles mitnehmen, was geht. Bereut habe ich bisher nichts. Ich lebe das Leben, das ich liebe. Auf der Überholspur, in den Betten hübscher Frauen.

In diesem 200-Seiter machen wir eine Zeitreise vom jungen bis hin zum heutigen Womanizer. Ich schenke Ihnen heißeste Sex-Abenteuer und echt heroische Erlebnisse meiner Person, die Sie noch nicht kennen, aber nach dem Lesen nicht mehr missen wollen. Tanken Sie Mut und versuchen Sie mir nachzueifern, denn das Leben kann so verdammt geil und schön sein!

ISBN 978-3-7494-1985-2
Books on Demand

Buch-Tipps vom Womanizer

The Womanizer
Ich, der Fremdgeher 6
Das Ende des Womanizers?

Ist dies das Ende des Womanizers? Tja, meine lieben Freunde der Sonne, vielleicht ist das wirklich der letzte Vorhang, der für mich fällt. Meine geliebte Gattin Andrea hat ein „Ehe-Break" gefordert. Sie braucht eine Auszeit, sagt sie, von mir. Aber nicht von dem schönen Haus, das ich gekauft habe. Auch nicht von dem guten Geld, das ich ihr jeden Monat überweise.

Hat sie mich beim Fremdficken erwischt? Nein. Warum dann dieser krasse Schritt von ihr? Keine Ahnung. Frauen sind einfach unberechenbar! Ich muss ausziehen und schwebe in der beschissenen Ungewissheit, ob und wie es mit uns weitergeht. Die armen Kinder! Hat Andrea einen neuen Stecher oder Geldgeber? Geht sie etwa mir fremd? Ich werde es herausfinden.

Gleichzeitig aber lebe ich mein Womanizer-Leben weiter. Jetzt erst recht! Ich poppe Immobilienmaklerin Heidi, gewinne die sexy Fitness-Polizistin Cornelia, verliebe mich in Nutte Agnes, erlebe geniale Erotikmassagen, treffe meine Jugendliebe Yasmin nach 20 Jahren wieder, habe geilen Gruppensex mit der 18-jährigen Daphne und ihren Busenfreundinnen, kämpfe mit der skrupellosen Laetitia um meine Firma, finde in meiner Angestellten Susanna eine heiße Bettgespielin, führe die sexuell blockierte Maren in meine hohe Kunst ein und genieße immer noch eine heiße Affäre mit der geheimnisvollen Tattoo-Frau Jacqueline, kurz Jackie. Ihr seht, langweilig wird mir wirklich nicht.

Aber: Kann ich meine Ehe retten? Wird Andrea ihren Irrsinn beenden? Ich werde alles dafür tun. Drückt mir die Daumen!

ISBN 978-3-7494-3590-6
Books on Demand

Buch-Tipps vom Womanizer

The Womanizer
Sex Bomb
100 Tricks, Frauen ins Bett zu bekommen

DER PLAYBOY TRICK * DER PIANIST TRICK * DER FEUERWEHRMANN
TRICK * DER BABYSITTER TRICK * DER 6 RICHTIGE IM LOTTO TRICK *
DER BILLARD TRICK * DER MAGISCHE ZETTEL TRICK * DER KINO TRICK *
DER HUNDEHALTER TRICK * DER ROTE ROSEN TRICK * DER BARMANN
TRICK * DER ZAUBER TRICK * DER CHEFREDAKTEUR TRICK * DER JUNG-
FRAU TRICK * DER SPIONAGE TRICK * DER SCHLITTSCHUHLÄUFER TRICK
* DER PORNODARSTELLER TRICK * DER MASSEUR TRICK * DER VERFLOS-
SENEN TRICK * DER SCARY MOVIE TRICK * DER BUCHAUTOR TRICK *
DER FUSSBALLSPIELER TRICK * DER BLIND DATE TRICK * DER KOLLEGIN
TRICK * DER FOTOGRAF TRICK * DER GIPS TRICK * DER KONZERT TRICK *
DER WETTE TRICK * DER REPORTER TRICK * DER SAUNA TRICK * DER
KAMASUTRA TRICK * DER CHARLIE SHEEN TRICK * DER SCHLANGEN
TRICK * DER WETTBEWERB TRICK * DER AMATEURPORNO TRICK * DER
RESTAURANT CHEF TRICK * DER GEBURTSTAGSPARTY TRICK * DER UM-
ZIEH TRICK * DER SCHÖNE FRAU TRICK * DER SHOPPING TRICK * DER
CALLBOY TRICK * DER XXL-KONDOM TRICK * DER EBAY TRICK * DER
EBAY DELUXE TRICK * DER BETTENKAUF TRICK * DER POKER TRICK *
DER ANNA TRICK * DER MASKENBALL TRICK * DER EINKAUFS TRICK *
DER EX ONE NIGHT STAND TRICK * DER DJ KUMPEL TRICK * DER POR-
SCHE TRICK * DER BORDELL CASTING TRICK * DER BORDELL CASTING
DELUXE TRICK * DER SEXSHOP TRICK * DER STILLE TRICK * DER E-MAIL
TRICK * DER FACEBOOK PARTY TRICK * DER JOGGER TRICK * DER THER-
MEN TRICK * DER ROBINSON CLUB CAMYUVA TRICK * DER 25 ZENTIME-
TER TRICK * DER SALTO TRICK * DER TRAUM TRICK * DER COACHING
FÜR SINGLES BUCH TRICK * DER 5 DVDS ZUR AUSWAHL TRICK * DER
STRAPSE TRICK * DER MASSAGEKURS TRICK * DER VISITENKARTEN
TRICK * DER WITZE TRICK * DER TAGEBUCH TRICK * DER VIBRATOR
TRICK * DER SPIRITUELLE TRICK * DER TANZ TRICK * DER WELTREKORD
TRICK * DER POLEN TRICK * DER 10 MINUTEN TRICK * DER VERLASSE-
NEN TRICK * DER PFIFFIGE TRICK * DER SCHLAF MIT MIR TRICK * DER
SCHAUSPIELFREUNDIN TRICK * DER GANZKÖRPERMASSAGE TRICK * DER
FLOATING TRICK * DER ZUCKERWATTE TRICK * DER BUTLER TRICK *
DER KÄLTE TRICK * DER PROMIFOTO TRICK * DER STEWARDESS TRICK *
DER RETROSPEKTIVE TRICK * DER KUMPEL TRICK * DER CHEF TRICK *
DER KAJAK TRICK * DER SCHWESTER TRICK * DER WEIHNACHTSMANN
TRICK * DER PUTZFRAU TRICK * DER GESCHENK TRICK * DER SPRICH
MICH AN TRICK * DER SADOMASO TRICK * DER ZAHLEN TRICK * DER
SPEED-DATING TRICK

ISBN 978-3-8448-0574-1
Books on Demand

Buch-Tipps vom Womanizer

The Womanizer
Meine heißesten Sex-Abenteuer

The Womanizer präsentiert seine allerheißesten Sex-Abenteuer! Nach dem Erfolg seiner Bestseller „Ich, der Fremdgeher Band 1-6" ist dies ein weiteres Meisterwerk des Mannes, der schon über 1.500 Frauen im Bett hatte und als Casanova des 21. Jahrhunderts in die moderneren Geschichtsbücher eingehen wird.

Hier schildert er seine geilsten und heißesten Sex-Erlebnisse der letzten 10 Jahre seines aufregenden Lebens und Tuns: Barbara, Teresa, Mary, Iris, Tammy, Rimma, Caro, Lucy, Paula, Jenny, Gabi, Denise, Raliza, Katja, Angie, Anja, Jana, Celine und Alicia heißen die Damen, die The Womanizer für dieses Best of ausgewählt hat.

Jedes dieser Abenteuer zählt zu seinen Favourites. Tauchen Sie ein in die Welt und den Körper des Womanizers und erleben Sie mit ihm seine heißesten Sex-Abenteuer – live und hautnah, uncensored und geil, prickelnd und erlösend.

Spüren Sie die Zärtlichkeiten, den Sex, die Erotik, die Lust und die Leidenschaft, die dieses Buch zu einem interaktiven Lesevergnügen machen. The Womanizer wünscht Ihnen viel Freude mit „Meine heißesten Sex-Abenteuer"!

ISBN 978-3-8448-1952-6
Books on Demand

Buch-Tipps vom Womanizer

The Womanizer
SEXSÜCHTIG!
(M)EINE FRAU IST NICHT GENUG

(M)EINE FRAU IST NICHT GENUG – das ist die Philosophie, das Lebensmotto des Womanizers! Nach seinen vielen Bestseller-Büchern präsentiert der Playboy des 21. Jahrhunderts sein Werk „SEXSÜCHTIG!", in dem er die wundervolle Beziehung zu seiner Ehefrau Andrea beschreibt und gleichzeitig über seine geilsten Seitensprünge intimst Auskunft gibt.

Erfahren Sie mehr über den Mann, der schon über 1.500 Frauen im Bett hatte, und seine heißen Sex-Abenteuer mit Isabel, Simone, Carmen, Melly, Sandy, Samira, Michèle, Bianca, Lena, Silke, Lolita und Wendy. Megaerotisch und anregend sind seine Schilderungen von Liebe, Sex und Zärtlichkeit, Lust und Leidenschaft, Gier und Verlangen.

(M)EINE FRAU IST NICHT GENUG – der Drang nach neuen Erfahrungen, nach jungen, schönen Körpern und tabulosen Mädels ist groß. Und die Mädels sind willig. The Womanizer nimmt sie gerne, aber nur die Besten! Und was die so alles können, erfahren Sie in diesem Buch!

ISBN 978-3-8482-0035-1
Books on Demand

Buch-Tipps vom Womanizer

The Womanizer
Sexy!
Memoiren eines Playboys

Tauchen Sie ein in eine Welt voller Lust, Leidenschaft, Sex und Erotik! The Womanizer präsentiert seine Memoiren und berichtet von seinen geilsten Sex-Abenteuern mit blutjungen, bildhübschen 18-jährigen Mädchen bis hin zu 43-jährigen, reifen Damen.

Sie alle sind ihm hilflos verfallen und finden einen Ehrenplatz in diesem Werk, das durch intimste Schilderungen und faszinierende Erlebnisse überzeugt.

„Sexy!" ist ein interaktives Lesevergnügen – der Womanizer erzählt seine Begegnungen hautnah und lebendig, als wären Sie persönlich dabei. Freuen Sie sich auf 24 Ladies und ihre Traumkörper, ihre Lust und Gier nach einem Mann, der sie glücklich macht.

Anhand seiner extraorbitanten Leistungen ist The Womanizer zweifelsohne DER Playboy des laufenden 21. Jahrhunderts. Wir sagen: Viel Spaß beim Lesen und Genießen dieses Buches!

ISBN 978-3-8482-0153-2
Books on Demand

Buch-Tipps vom *Womanizer*

The Womanizer
Verbotene Lust!
Sex ist mein Leben

In „Verbotene Lust!" führe ich Sie in meine geile Vergangenheit und präsentiere einige Raritäten und Perlen meiner sexuellen Lust. Da ich meine Abenteuer dokumentiere, weiß ich exakt Bescheid und kann detailgenau das schildern, was ich erlebe, wovon andere Männer nur träumen.

Auch wenn diese Lust eigentlich „verboten" ist, so ist sie für mich normal. Ich sehe nichts Schlimmes daran, dass ich mich sexuell auslebe und mir meinen Spaß auch in anderen Betten hole. Ich verletze meine Ehefrau Andrea ja nicht, sie kennt halt nur nicht die volle Wahrheit. Und die wird sie auch nie erfahren.

Freuen Sie sich auf meine sexuellen Abenteuer mit der Therapeutin Silva, das Maskenball-Spektakel, den sensationellen Vierer mit Kylie, Nele und Helene, die Sex-Toy-Verkäuferin Cathy, die Praktikantin Kerstin, das 18-jährige Kindermädchen Magda, und auf vieles mehr.

Sex ist mein Leben, daher werde ich stets die „Verbotene Lust" mitnehmen, leben und genießen, denn ich bin und bleibe The One & Only Womanizer!

ISBN 978-3-7460-4353-1
Books on Demand

Buch-Tipps vom Womanizer

The Womanizer
Meine besten Dreier
2 Ladies & The Womanizer

Was für viele Männer ein ewiger, unerfüllter Traum bleibt, ist für mich geile Realität: der sagenumwobene flotte Dreier! Ach, wie oft schon habe ich 2 Frauen gleichzeitig im Bett gehabt und sensationelle Stunden mit ihnen erlebt. Wenn auf einmal 4 Hände und 2 Münder loslegen und ihr Bestes geben, dann sieht man die Sterne funkeln.

Nach meinen Verkaufsschlagern „Ich, der Fremdgeher" Band 1-6 sowie diversen Specials ist es an der Zeit, der großen Nachfrage gerecht zu werden und den Spot auf meine allerbesten Dreier zu lenken. Hierbei gilt das Gesetz: Wenn ich Gruppensex habe, bin ich der einzige Mann! Platz für einen zweiten Mann gibt es dabei nicht. Und die Frauen, mit denen ich es treibe, müssen hübsch und geil sein. Sexhungrig und offen für alles.

Wenn meine geschätzte Frau Andrea von meiner Dreier-Leidenschaft wüsste, würde sie mich umbringen. Nun ja, einmal hat sie ja selbst mitgemacht, mit der süßen Lena. Dieser ganz besondere Dreier wird ausführlich im Werk behandelt und erhält als Abschlusskapitel den Ehrenplatz. Aber sonst bin ich für Andrea ein liebender, treuer und einfach der perfekte Ehemann und Partner. Bin ich ja auch, bis auf das mit der Treue …

Lassen Sie sich eines versichern: Wenn Sie bisher noch keinen Dreier mit 2 Frauen erlebt haben, Sie Armer, dann haben Sie wirklich etwas Ultimatives verpasst!

ISBN 978-3-7528-3132-0
Books on Demand

Buch-Tipps vom *Womanizer*

The Womanizer
Geile 18
Jung, Schön, Sexy & Versaut

Die Zahl 18 ist eine magische, denn sie beschreibt die Eigenschaften, die mir an Frauen wichtig sind: Jung, Schön, Sexy & Versaut! Ich spreche von Göttinnen, die soeben die Grenze vom Mädchen zur Frau überschritten haben und sich in einem überaus reizvollen Alter befinden.

Wenn ein Mädchen endlich volljährig wird, steht sie mir offen. Yeah! Ihre süßen, noch mädchenhaften Rundungen, ihr straffer, faltenfreier Körper, ihr naiver, unschuldiger Blick – all das verführt mich ungemein. Noch mehr verführen mich die 18-jährigen Luder, die es darauf anlegen. Die um Analsex betteln, Fesselspiele beherrschen, Sperma genüsslich schlucken und genau wissen, wie sie mich genial befriedigen können. Die mit 18 bereits alle Tabus abgelegt haben, um im Bett ihre und meine Erfüllung zu erleben.

Als Mann Ende 30, mit der tollen Andrea verheiratet und Vater zweier wundervoller Kinder, als renommierter Produzent und Gutverdiener, ist es mir eine Ehre, auch heute noch mir das zu holen, was ich will. Sexuell. In meinem Leben habe ich bereits über 1.500 Frauen im Bett gehabt, davon waren sicher 100 dabei, die Sweet Little Eighteen waren.

Aufgrund großer Nachfrage habe ich meine besten sexuellen Erlebnisse mit 18-jährigen Girls zusammengestellt. Und dabei festgestellt: Ein Buch reicht dafür nicht aus! Daher kündige ich jetzt schon eine Fortsetzung dieses Werkes an.

ISBN 978-3-7528-8060-1
Books on Demand

Buch-Tipps vom Womanizer

The Womanizer
Supergeile 18
So Jung, Schön, Sexy & Versaut

18 ist eine magische Zahl, denn sie beschreibt die Eigenschaften, die mir an Frauen wichtig sind: So Jung, Schön, Sexy & Versaut! Die Rede ist von Göttinnen, die soeben die Grenze vom Mädchen zur Frau überschritten haben und sich in einem überaus reizvollen Alter befinden.

Wenn ein Mädchen endlich volljährig wird, steht sie mir offen. Yeah! Ihre süßen, noch mädchenhaften Rundungen, ihr straffer, faltenfreier Körper, ihr naiver, unschuldiger Blick – all das verführt mich ungemein. Noch mehr verführen mich die 18-jährigen Luder, die es darauf anlegen. Die um Analsex betteln, das Fesselspiel beherrschen, Sperma schlucken und genau wissen, wie sie mich befriedigen können. Die mit 18 bereits alle Tabus abgelegt haben, um im Bett ihre und meine Erfüllung zu erleben.

Als Mann Ende 30, mit der tollen Andrea verheiratet und Vater zweier wundervoller Kinder, als renommierter TV-Produzent und Gutverdiener, ist es mir eine Ehre, auch heute noch mir das zu holen, was ich möchte. Sexuell. In meinem Leben habe ich bereits über 1.500 Frauen im Bett gehabt, davon waren sicher 100 dabei, die Sweet Little Eighteen waren.

Aufgrund großer Nachfrage habe ich meine besten sexuellen Erlebnisse mit 18-jährigen Girls zusammengestellt. Und festgestellt: Ein Buch reicht dafür nicht aus! Dies ist Teil 2, die Fortsetzung von „Geile 18"! Auf geht´s in einen supergeilen Liebesstrudel, denn sie sind So Jung, Schön, Sexy & Versaut!

ISBN 978-3-7528-2472-8
Books on Demand

Buch-Tipps vom *Womanizer*

The Womanizer
Meine aufregendsten One Night Stand
Frauen, die ich nie vergessen werde

SEX ist mein Leben! Über 1.500 Ladies zwischen 18 und 50 habe ich bisher im Bett gehabt. Als liebevolle Mutter meiner Kinder ist meine langjährige Partnerin und Ehefrau Andrea immer noch meine absolute Traumfrau, der Sex mit ihr ist toll.

Dennoch, glücklich in Beziehung und erfolgreich im Beruf, wie ich es bin, brauche ich die Abwechslung im Bett, damit meine ich nicht die Bettwäsche, sondern Damen. One Night Stands sind ein probates Mittel, um unverbindlich und fröhlich sein Vergnügen zu erzielen. Viel einfacher als eine Affäre.

Ich bin Profi, was One Night Stands angeht. Zu viele habe ich schon erlebt und erlebe sie weiterhin, dass ich genau weiß, wie ich eine Frau, die ich geil finde, in mein Bett und von ihr Sex bekomme.

Für dieses Best of habe ich mich für die aufregendsten One Night Stands meines Lebens entschieden, mit Frauen, die ich niemals vergessen werde. Lassen Sie sich inspirieren von meinen Taten, tauchen Sie ein in den Körper des Womanizers, und ab geht die Bett-Post!

ISBN 978-3-7528-4102-2
Books on Demand

Buch-Tipps vom *Womanizer*

The Womanizer
Meine aufregendsten One Night Stand 2
Frauen, die ich niemals vergesse

SEX ist mein Leben!! Über 1.500 Ladies zwischen 18 und 50 habe ich bisher in meinem Bett gehabt. Als liebevolle Mutter meiner beiden Kinder ist meine langjährige Partnerin Andrea immer noch meine absolute Traumfrau.

Dennoch, glücklich in Beziehung und erfolgreich im Beruf, wie ich es bin, brauche ich ständige Abwechslung im Bett, und damit meine ich nicht Bettwäsche, sondern Damen. ONS, One Night Stands, sind ein probates Mittel, um unverbindlich sein Vergnügen zu erzielen. Viel einfacher als eine Affäre.

Ich bin Profi, was One Night Stands angeht. Zu viele habe ich schon erlebt, dass ich genau weiß, wie ich eine Frau, die ich geil finde, ins Bett und von ihr Sex bekomme.

Für dieses Best of habe ich mich für die aufregendsten ONS meines Lebens entschieden, mit Frauen, die ich niemals vergesse. Ich wünsche Ihnen viel Freude mit meinen allergeilsten One Night Stands Teil 2!

ISBN 978-3-7460-4936-6
Books on Demand

Buch-Tipps vom *Womanizer*

The Womanizer
In MILF Paradise
Extravagante sexuelle Erlebnisse mit scharfen Müttern

MILF (Mothers I´d like to fuck) sind etwas Exklusives, denn sie sind sexy, rattenscharf und geil. Ich habe in meinem Leben bereits über 1.500 Frauen im Bett gehabt, Dutzende waren horny MILF. Viele davon verheiratet, einige Single. Die jüngste MILF war 18, die älteste 47.

In diesem Werk habe ich meine extravagantesten sexuellen Erlebnisse mit ebendiesen lasziven Müttern und Kindshüterinnen zusammengestellt. Meine Frau Andrea ist nach wie vor unwissend meines wilden Treibens. Ihr bin ich der perfekte Gatte und liebevolle Vater unserer 2 Kinder. Doch so sehr ich meine Frau liebe, treu sein kann und will ich ihr einfach nicht.

Das Projekt „In MILF Paradise" entstand durch mein sensationelles Erlebnis mit Kollegin Nina, 23-jährige Mutter des kleinen Anton (2). Nina war der helle Wahnsinn! Ihr gebührt daher auch der Startplatz. Freuen Sie sich auf meine geilsten Affären mit MILF-Mothers, die auch Sie ficken würden. Ich wünsche Ihnen viel Freude und Anregung beim Studieren und Lesen!

ISBN 978-3-7481-9116-2
Books on Demand

Buch-Tipps vom Womanizer

The Womanizer
Besiegt, Erobert & Geliebt
Wie ich Frauen über Wetten zum Sex bekomme

„Wetten, dass..?" – Wer kennt sie nicht, die einzigartige ZDF-Samstagabendshow, die knapp 35 Jahre lang die Welt erfüllte. Spektakuläre Wetten wurden durchgeführt. Wetten spielen auch in my life eine große Rolle. Ich wette sehr gerne! Weil ich dadurch schon viele Frauen rumbekommen habe.

In vorliegendem Werk habe ich meine heißesten Sexgeschichten zusammengestellt, die ich mir erspielt habe. „Besiegt, Erobert & Geliebt" lautet diesmal das Motto. In der Regel bekomme ich Frauen so. Über 1.500 habe ich bereits im Bett gehabt, bald knacke ich die 2.000. Einige von ihnen musste ich aber ein wenig überzeugen, um es mit mir zu tun. Und hier kommen die Wetten ins Spiel.

Man muss Frauen nur eine reizvolle Wette anbieten, mit einem Gewinn für sie. Man muss sie auch am Ego packen. 7 geniale „Besiegt, Erobert & Geliebt"-Erlebnisse warten hier auf Sie. Sie sollen Sie inspirieren und Ihnen zeigen, welche Tricks mir halfen, die Nuss doch noch zu knacken.

ISBN 978-3-7528-9408-0
Books on Demand